불어먹은 아미들

샤이나크 현대판타지 장편소설

빌어먹을 아이돌 4

초판 1쇄 발행 2024년 5월 31일

지은이 ㅣ 샤이나크
발행인 ㅣ 최원영
편집장 ㅣ 이호준
편집디자인 ㅣ 최은아
영업 ㅣ 김민원 조은걸

펴낸곳 ㅣ ㈜ 디앤씨미디어
등록 ㅣ 2002년 4월 25일 제20-260호
주소 ㅣ 서울시 구로구 디지털로32길 30 코오롱디지털타워빌란트 1301-1308호
전화 ㅣ 02-333-2513(대표)
팩시밀리 ㅣ 02-333-2514
E-mail ㅣ papy_dnc@dncmedia.co.kr
블로그 ㅣ blog.naver.com/gnpdl7

ISBN 979-11-364-5385-3 04810
ISBN 979-11-364-5289-4 (SET)

※ 저자와 협의하여 인지는 붙이지 않습니다.
※ 이 책은 ㈜ 디앤씨미디어(파피루스)가 저작권자와의 계약에 따라 발행한 것으로 본사와 저자의 허락 없이는 어떠한 형태나 수단으로도 내용을 이용할 수 없습니다.

Vol. 4

PAPYRUS MODERN FANTASY

받아먹을 아이돌

샤이나크 현대판타지 장편소설

PAPYRUS
파피루스

Album 7. 선택지

랩을 하든, 인디 밴드를 하든, 장르를 규정하기 힘든 음악을 하든.

언더그라운드에서 음악을 하다 보면 자연스럽게 갖게 되는 태도가 있다.

바로, 오버그라운드 음악에 대한 적개심이다.

특히 그중에서도 가장 상업적인 아이돌 음악은 제 1순위 뒷담화 타깃이 된다.

코로나19 이후에 월드스타들이 탄생하며 이런 분위기가 많이 없어지겠지만, 2017년에는 아직 아니었다.

물론 그렇다고 모든 언더그라운드 뮤지션들이 아이돌을 싫어하냐면, 그건 또 아니다.

좋아하는 이들도 있다.

하지만 동료들이 전부 아이돌을 싫어한다면 분위기상 입을 다물고 있을 수밖에 없다.

〈이브닝 프로미스〉란 인디 밴드에서 키보드를 치고 있는 심성보도 그랬다.

사실 심성보는 요즘 한시온의 음악에 푹 빠져 있었다.

"솔직히 한시온 존나 겉멋 아니냐?"

하지만 멤버들의 뒷담화에 쉴드를 치긴 좀 애매했다.

이런 경우에 선택할 수 있는 건 하나밖에 없었다.

"몰라. 안 들어 봄."

무관심한 척.

심성보가 보기에, 한시온은 언더 뮤지션들의 역린을 제대로 건드렸다.

한시온은 음악을 잘한다.

그것도 존나 잘한다.

크리스 에드워드가 천재라고 인정할 만큼 미친 듯이 잘한다.

그런데도 아이돌이 되고 싶어서 무대에서 춤을 추고, 귀여운 척을 한다.

'귀여운 척을 한 적은 없던가?'

언더 뮤지션들이 배고픔을 느끼면서도 음악을 계속하는 건, 제대로 된 뭔가를 만들어 보고 싶어서다.

나에게 한시온만큼의 재능이 있다면 저런 짓을 하진 않

앉을 텐데.

더 멋있는 위치에서 더 멋있는 음악을 해낼 수 있었을 텐데.

이게 상대적 박탈감을 만들어 내는 것이었다.

그래서 언더 뮤지션들은 모이기만 하면 한시온을 까기 바빴다.

"심성보, 너 진짜 안 들어 봄?"

"길거리에서 들어 보긴 했지. 근데 각 잡고 안 들어 봄."

"그래? 한번 들어 보든가."

"굳이? 여기서?"

"할 것도 없는데, 뭐."

그렇게 말한 기타리스트가 작업실 공용 컴퓨터 앞으로 가더니 음원 사이트에 '한시온'을 검색했다.

"지금 두 곡, 어?"

"왜?"

"세 곡이네?"

"뭐가?"

"음원 차트에 세 곡이 올라와 있어서."

"엥?"

자리에서 일어난 심성보가 후다닥 컴퓨터 앞으로 향했다.

분명 지하철을 타고 작업실로 올 때만 해도 음원 차트에는 〈가로등 아래서〉와 〈낙화〉밖에 없었는데.

'아, 어제 방송된 게 음원으로 풀렸나?'

위드의 〈새벽의 끝을 두고〉.

방송에서는 짧게 다뤄졌지만, 느낌이 굉장히 좋은 곳이었다.

하지만 위드의 노래가 음원으로 풀린 게 아니었다.

음원 차트에 올라온 건 낯익은 제목이었다.

- 가로등 아래서 Remake(Feat. 조기정)

"뭐야, 벌써 리메이크를 했네?"

"인기 좀 얻었다고 뇌절 오지네."

"조기정이면 원곡 가수 아님?"

"맞을걸?"

어깨를 으쓱한 기타리스트가 새롭게 올라온 음원을 재생했다.

드럼 사운드가 들리기 시작하자, 〈이브닝 프로미스〉 멤버들이 고개를 까딱거렸다.

침착함과 리드미컬함 사이 어디쯤 적절하게 서 있는 드럼 라인이다.

이런 드럼은 무엇이든 올릴 수 있는 대들보다.

펑키한 걸 만들 수도 있고, 헤비한 걸 만들 수도 있다.

과연 여기에 뭐가 올라갈까?

정답은 한시온의 목소리였다.

드럼을 만끽하기도 전에 기타, 베이스, 키보드를 거느린 한시온의 노래가 시작되었으니까.

"……"

"……"

인디 밴드 연주자들답게 처음에는 악기에 집중했다.

베이스는 베이스 라인을 따려고 노력했고, 기타는 기타 라인을 따려고 귀를 기울였다.

키보디스트인 심성보는 키보드에 집중했다.

하지만 도입부를 벗어난 순간부터 각각의 악기가 도저히 구분되지 않는다.

한 덩어리가 되어 멜로디를 만들어 내는 느낌이 너무나 환상적이다.

드럼 뒤로 베이스가 고스트 노트를 형성하고, 기타의 리버브를 키보드가 잡는다.

이럴 수가 있나?

이게 가능한가?

이런 건 레드 제플린이나 롤링 스톤스의 LP에서만 들을 수 있었던 게 아닌가?

악보를 보고 싶어 미치겠다.

하지만 동시에 음악에서 귀를 떼고 싶지 않다.

앞서 발매됐던 〈가로등 아래서〉도 뛰어난 곡이었다.

하지만 지금 재생되는 〈가로등 아래서 Remake〉는 압도적인 곡이다.

밴드 플레이를 사랑하는 사람이라면 외면할 수가 없다.

심성보는 그런 생각을 하며 멤버들의 얼굴을 봤다.

다들 입을 '헤-' 벌리고 있는 게, 자신과 같은 생각을 하는 중이었다.

그렇게 폭풍 같은 4분 13초가 흘러가고, 노래가 끝이 났다.

작업실이 고요하다.

가장 먼저 입을 연 것은 보컬리스트였다.

"야, 나 솔직히 한시온 좋아함."

"뭐?"

"아니, 난 악기 플레이어가 아니잖아. 솔직히……. 한시온 표현력 뒤지지 않냐. 어떻게 저렇게 노래를 부르지."

"근데 나도."

그 다음에 입을 연 것은 기타리스트였다.

그동안 한시온의 뒷담화의 최전방에 있던 기타리스트의 고백에 모두가 어이없다는 표정을 지었다.

"야, 넌 맨날 깠잖아."

"아니, 나는 니들이 좋다고 할 줄 알았지. 그러면 나도 못 이기는 척 좋다고 하려고 했고."

"미친놈이냐? 그걸 왜 못이기는 척까지 해야 하는데."

"존나 잘하니까 부럽잖아……. 게다가 잘생겼다고. 씨발."

"그건 그래……."

그렇게 고해성사가 시작되었고, 이브닝 프로미스는 경악스러운 사실을 알게 되었다.

사실 그들 모두는 샤이 팬이었다.

부끄러워서 일반인 코스프레, 아니 인디 감성 코스프레를 하고 있었던 것뿐.

심성보는 황당했지만, 생각해 보면 자신도 다를 바가 없었다.

나서서 말을 보탠 적은 없지만, 가만히 듣고만 있었으니까.

그렇게 서로의 정체를 알고 나니, 의기투합할 만한 일도 생겼다.

"이거 악보 공개된 거 없는데?"

"그래?"

"우리가 따서 커버 영상 올리자. 일빠로 올리면 조회수 좀 받지 않을까?"

"야야, 유투브에 검색해 봐. 혹시 다른 밴드가 먼저 올렸을 수도 있잖아."

"음원 나온 지 얼마나 됐다고?"

그렇게 말한 기타리스트가 유투브에 검색을 했고, 충격적인 사실을 알게 되었다.

[C.U.N] 이게 진짜 즉흥 연주? Feat 이현석, 조기정 | 미방영분]

그들이 들었던 〈가로등 아래서 Remake〉가 즉흥 연주였다는 걸.
그뿐만이 아니었다.

[C.U.N] 크리스 에드워드 X 한시온 피아노 즉흥 합주 | 미방영분]

한시온과 크리스 에드워드가 제작진이 준비한 두 대의 그랜드 피아노 앞에 앉더니, 대화를 나눈다.

[시온, 노르웨이 플라워로 시작을 잡고 뭔가 섞어 보자고.]
[뭘 섞게?]
[글쎄. 토니 베넷 어때? 내가 진짜 좋아하는 빅 보스거든.]
[좋지. 대표곡으로 할까? I left my heart in Sanfrancisco.]

[오, 역시. 뭘 좀 아네. 두 곡의 배리에이션 안에서 놀아보자고.]

 알아듣기 힘든 대화를 나누던 두 사람이 피아노를 치기 시작한다.
 크리스 에드워드가 먼저 연주를 시작하고, 잠시 듣고 있던 한시온이 끼어든다.
 누가 봐도 즉흥 듀엣이다.
 하지만 그 결과물은 즉흥의 수준이 아니었다.
 훌륭하다.

♬ ♪ ♪ ♪ ♪ ♪ ~

 쉬지 않고 건반을 두드리던 크리스 에드워드가 갑자기 웃음을 터트리며 연주를 멈췄다.

[헤이, 너무 케이팝스럽잖아!]
[뭐 어때. 난 이게 좋아.]
[좋아. 취향은 존중해야지. 그럼 내가 한번 토니 베넷을 춤추게 만들어 볼까?]

 크리스 에드워드가 다시 피아노를 두드리자, 이번엔 한

시온이 웃음을 터트렸다.

[EDM으로 편곡해도 되겠는데.]
[오, 작곡 노트에 적어 놔야겠어.]

그렇게 카메라 포커스가 흐려지더니, 동영상이 끝이 난다.
잠깐의 침묵 속에서 이브닝 프로미스는 비슷한 감상을 공유했다.
방금의 피아노 즉흥 연주가 대중적인 히트를 친다던가, 사람들의 심금을 울릴 만한 건 아니다.
하지만 한시온은 자유로워 보였다.
크리스 에드워드라는 거물과 멜로디로 소통할 정도로.
재능 하나는 확실하다.
"이거 조회 수 몇이냐?"
심성보의 질문에 기타리스트가 조회 수를 확인했다.
그리곤 멍청하게 눈을 깜빡였다.
무슨 일이 벌어졌는지 모르겠지만, 조회 수가 무려 400만이었으니까.

* * *

오늘 전화를 백 통도 넘게 받은 거 같아요.

시온이랑 같이한 그거 진짜 즉흥 연주 맞냐고.

근데, 즉흥 연주 맞아요.

원래 기정이 형님, 그러니까 원곡 가수 조기정은 행사 때문에 서울에 없는 거였거든.

근데 행사가 펑크가 났고, 지방으로 내려갈 필요가 없어졌고, 갑자기 우리 스튜디오로 온 거지.

거기서 시온이가 녹음하는 거 듣고, 우리 잼 한번 해 볼까? 해서 나온 게…….

지금 음원 차트 1위인 리메이크 버전인 거지.

아, 근데 나도 방송인 다 됐나 봐.

오늘 아침부터 라이브에서 이거 썰 풀어야지라고 생각하고 있었다니까?

아이고! 한시이이온새미로님 십만 원 후원 감사합니다!

* * *

정확히 기억은 안 나는데, 20회차 언저리쯤에 그런 생각을 했던 것 같다.

이제 내 음악은 완성되었다고.

물론 앞으로도 새로운 영감을 받아서 새로운 곡을 쓸 것이다.

새로운 보컬 테크닉을 익히고, 새로운 악기를 마스터할

수도 있을 것이다.

하지만 그게 내 음악의 본질을 향상시키냐면, 그건 아니다.

난 이미 완성되었으니까.

그때쯤부터 마케팅에 깊은 관심을 가지기 시작했다.

그전에도 실력만으로 2억 장을 팔 수 없겠다는 생각은 했지만, 이쯤부터는 마케팅에 대한 강박까지 가질 정도였다.

실력은 더 이상 늘지 않으니, 포장지를 화려하게 만들어야겠다며.

그래서 두 명의 매니저를 롤 모델 삼아 마케팅을 연구했다.

비틀즈의 다섯 번째 멤버라고 불렸던 매니저 브라이언 엡스타인.

지금의 엘비스 프레슬리를 만들어 낸 매니저인 톰 파커 대령.

그리곤 완전히 똑같은 3회차의 인생을 살아 봤다.

같은 가수, 같은 시기, 같은 곡으로 마케팅 방법을 바꾸면 어떻게 될지 궁금했으니까.

결과적으로, 끝은 좋지 않았다.

3번 연속 똑같은 삶을 살아 보니 미친놈이 될 수밖에 없더라.

이게 지난 생에 했던 말인가, 이번 생에 했던 말인가가 늘 헷갈렸고, 인간관계도 비슷했다.

아마 정신병원에서 회귀를 맞이했던 것 같은데…….

아무튼.

내가 하고 싶은 말은, 나만큼 뮤지션 마케팅에 정통한 사람도 없을 거라는 것이었다.

그런 의미에서…….

'상황이 바뀌었다.'

날 둘러싼 주변 환경이 바뀌는 게 느껴진다.

강석우 피디는 폭주하는 열차처럼 나와 관련된 콘텐츠를 뿌리기 시작했고, 정체불명의 세력들이 나와 관련된 긍정적인 이슈를 만들어 낸다.

아마 엠쇼와 라이언 마케팅 부서의 합작품 같다.

〈가로등 아래서 Remake〉가 음원 차트 1위를 기록했고, 조만간 〈새벽의 끝을 두고〉의 음원 녹음이 예정되어 있다.

그러면서도 내 이미지가 지나치게 소비되는 걸 막기 위해 사생활과 관련된 것은 하나도 공개하지 않는다.

현수 삼촌의 말에 따르면, 우리 부모님과 관련된 이야기를 퍼트릴 시 법적 조치를 취할 거라고 협박도 하고 갔단다.

프로그램의 저울추가 완전히 기울었다.

커밍업 넥스트는 이제 테이크씬이 아니라 날 위한 프로그램이다.

만족한다.

내가 처음부터 원했던 그림이며, 내 목표에 가까워지는 길이다.

그럼에도 불구하고 개운함을 느낄 수 없는 건…….

"한시온 참가자의 개인 역량으로 만들어진 무대였으며, 다른 멤버들은 그 덕을 본 무대였습니다."

블루.

"무대 자체에는 높은 점수를 주고 싶습니다. 하지만 한시온이란 멤버가 없었다면 이 정도 완성도가 갖춰졌을지 의문이 듭니다."

유선화 트레이너.

"작곡가로서 말씀드리면, 한시온 참가자의 편곡은 치트키에 가깝습니다. 너무나 완벽한 곡 해석이었어요. 하지만 세달백일은 그 해석을 재현하는 데 실패했습니다."

이창준 작곡가.

"낭중지추. 송곳은 주머니를 뚫고 나오죠. 좋은 의미일 수도 있지만, 나쁜 의미일 수도 있습니다. 세달백일이란 주머니는 송곳에 찢겼습니다."

최대호 대표.

마치 짜기라도 한 듯.

미션이 끝나자마자, 세달백일을 향한 혹평을 쏟아냈으니까.

그쯤 깨달았다.

내가 올라간 저울의 반대편에 서 있는 게 테이크씬이 아니라 세달백일이라는 걸.

혹시 내가 세달백일의 편을 들고 싶은 걸까?

사실 그들은 못했는데, 내가 그걸 인지할 객관성을 잃어버린 걸까?

나도 사람인지라 같은 시간과 같은 공간에서 어울리다 보면 친밀함을 느낀다.

물론 이런 감정이 내 행보에 영향을 주진 않는다.

하지만 잠시나마 객관성을 잃어버릴 수는 있다.

우리의 무대를 복기했다.

크리스 에드워드의 〈Highway〉를 편곡해 꾸민 〈갈림길〉.

오타쿠 기질이 있는 최재성이 곡의 스토리를 짰는데, 간단히 설명하자면 '시간 여행을 포기할 수 있는' 기회를 맞이하는 상황이다.

각자 서로 다른 시간대에 떨어져 버렸는데, 거기에서의 삶이 너무나 즐겁다.

사람들은 친절하고, 평화롭고, 운이 좋아서 그럴 듯한 직업까지 얻어 버린다.

현실은 괴로운데 굳이 돌아가야 할 이유를 느끼지 못하는 것이었다.

유일하게 마음에 걸리는 거라고는 함께 시간 여행을 했던 친구들.

난 행복하지만, 그 친구들은 어느 시간대에 갇혀 있는지 알 수 없으니까.

그런 과정 속에서 사건들이 펼쳐지고, 모든 친구들이 다시 현실로 돌아오는 게 이번 곡의 스토리다.

빌런 역할인 이이온이 '시간의 닫힘'을 주도한 범인이고.

뮤직비디오를 찍은 게 아니니, 노래에 이런 스토리가 묻어나진 않는다.

하지만 확실한 스토리가 있으니 전개되는 감정선이 명확하다.

그래서, 무대를 잘했다.

구태환은 본인이 도입부에서 뭘 해야 하는지를 이해했고, 최재성은 이번에도 실력의 100%를 발휘했다.

이이온은 소화하기 힘든 역할을 맡았지만 의미심장한 느낌을 잘 살렸다.

마지막으로, 온새미로가 미쳐 날뛰었다.

스튜디오에서 대화를 나눈 이후 마음이 꽤 편해 보이더니, 제대로 터트리더라.

개인적인 평가로는 이번 무대에서의 온새미로가 테이크씬의 주연 이상이었다.

나야 뭐, 말할 것도 없고.

좋은 무대였다.

모든 이들이 팀으로도, 개인으로도 맡은 바를 완벽히 수행했으니까.

"……."

그래, 난 객관성을 잃지 않았다.

객관성을 잃어버린 이들은, 혹은 외면한 이들은 심사위원이다.

그 증거로.

"와우! 재미있는 무대였어요. 저는 한국어를 모르지만, 그렇다고 무대에 쌓인 바이브를 놓칠 정도로 바보는 아니죠. 다섯 명은 분명 같은 감정선으로 같은 목적지에 도달했어요. 그리고 터트렸죠. Boom!"

에디가 극찬을 퍼붓고 있다.

한데, 이거 에디의 단독 행동 같다.

심사위원들의 얼굴에 당혹감이 번지는 게 보인다.

설마 편집하는 건 아니겠지?

그렇게 우리 팀이 받은 점수는 88점이었다.

솔직히 좀 어이없었지만, 아마추어처럼 감정을 티 내진 않았다.

"……감사합니다."

혼자 칭찬을 받아 팀원들의 눈치를 보는 느낌으로 꾸벅 인사하고 말았다.

무대 아래로 내려오자, 이이온이 입을 연다.

"미안, 내가 너무 몰입해서 오버해 버렸나 봐. 잘했다고 생각했는데……. 감정 과잉이었나."

"저도요. 근데 온새미로 형은 진짜 잘했는데?"

"나 잘한 거 맞아? 어떻게 했는지 기억이 안 나. 무대에서 아무 것도 안 보였어."

멤버들이 털어놓는 감상을 듣다가 천천히 입을 열었다.

"다들 잘했어요. 이 이상 잘할 수 없는 완벽한 무대였어요. 진심으로요."

멤버들은 내 말이 위로라고 생각하는 것 같지만, 진심이다.

그러나 자세한 설명은 카메라 때문에 포기해야 했다.

여기서 심사위원들의 심사평을 부정하는 건 비호감으로 보이는 행위다.

심지어 난 극찬을 받았기에, 민망함에 억지 급발진을 하는 걸로 밖에 안 보일 거다.

그때 방청객들의 환호성이 터졌다.

무대 위로 테이크씬이 오르고 있었다.

"일단 보자. 테이크씬도 열심히 준비한 무대니까."

이이온의 말에 멤버들이 고개를 끄덕이며 테이크씬의 무대를 감상하기 시작했다.

테이크씬은 잘했다.

이전 미션에서 부른 마룬 파이브의 〈Sugar〉도 괜찮았었는데, 지금이 더 좋다.

오랜 시간 팀으로 트레이닝을 받은 게 티가 나는 일체감을 선보이는 무대였다.

하지만 다른 관점으로 말하자면, 테이크씬이 세달백일보다 뛰어난 게 딱 일체감밖에 없었다.

편곡된 음악도.

그 음악으로 선보인 무대도.

심지어 멤버들이 만들어 낸 주요 장면도.

세달백일이 더 뛰어나다.

하지만 심사평은 달랐다.

"커밍업 넥스트가 시작한 이후, 팀이라는 단어와 가장 잘 어울리는 무대였습니다. 팀으로 개개인의 단점을 가리고, 장점을 부각시켰습니다."

"곡이 가지고 있는 포텐셜은 세달백일보다 못했습니다. 하지만 여러분은 만개했습니다. 그래서 보기 좋았습니다."

"우리는 피다 만 장미보다, 활짝 핀 야생화를 더 좋아하니까요."

"제 점수는……."

96점.

한 번 더 확신을 갖게 되었다.

블루는 잘 모르겠지만, 최대호-이창준-유선화로 이어지는 라인은 제법 보는 눈이 있는 인선이다.

적어도 뭐가 더 좋고 나쁜지는 알아차리는 이들이다.

저들은 거짓말을 하고 있다.

머리가 팽팽 돌아간다.

이윽고 내 생각이 정답에 도달했다.

아마도 날 테이크썬으로 데뷔시키기 위해서 밑 작업을 하고 있는 것 같다.

* * *

미션이 끝나자마자 세달백일 멤버들은 포천으로 돌아갔고, 난 합정으로 향했다.

웨이프롬플라워와 함께하는 〈구슬 라이브〉를 촬영해야하기 때문이었다.

"안녕하세요, 선배님. 한시온입니다."

"와, 안녕하세요."

여기 오기 전에 이이온에게 무려 20분짜리 특강을 받

았다.

 성별이 다른 아이돌 선배님을 만나면 어떻게 행동해야 하는지를 달님반 유치원 선생님에 빙의해서 설명해 주더라.

 대부분은 다 알고 있는 이야기였지만 몇 가지는 쓸모 있었다.

 일단 미국에서처럼 행동하면 나락에 갈 수 있다는 걸 배웠다.

 이이온의 코칭을 따른 덕분인지, 웨이프롬플라워의 태도는 꽤 온화했다.

 사실 난 이들이 '낙화' 때문에 기분 나빠해야 할 이유를 모르겠다.

 본인들이 만든 노래도 아니고, 본인들이 편곡한 노래도 아니고, 회사에서 막무가내로 준 데뷔곡인데.

 망해 버린 과거의 유물을 되살려 준 거면 오히려 고마움을 느끼는 게 마땅하지 않나?

 또한 온 세상에 '이 노래가 망한 이유는 가수 때문이 아니라 편곡 때문이다.'라고 변명까지 하게 해 준 셈인데.

 물론 속으로만 이렇게 생각하고 입 밖으로 내진 않았다.

 원래도 말하지 않았을 거지만, 이이온이 신신당부했으니까.

"시온아. 넌 너무 솔직해."

"제가요?"

"응. 우리는 괜찮지만, 선배님들한테는 그러면 안 돼."

근데 이건 오해다.

나도 음악에 대한 피드백을 제외하면, 세달백일 멤버들이 상처받을까 봐 말을 골라서 하곤 한다.

내가 미국에서 너무 오래 살았나.

'수줍은 동양인'처럼 보이지 않기 위해 부단히 노력했으니까, 그게 습관이 됐을지도?

그런 생각을 하고 있는데, 웨프플의 리더가 무대의 방향성에 대해 설명해 주기 시작했다.

사전에 들은 이야기지만, 열심히 듣는 척했다.

〈구슬 라이브〉는 '구슬이 서 말이라도 꿰어야 보배다.'라는 컨셉으로 진행되는 콘텐츠다.

출연자들이 본인의 인기곡을 끊기지 않게 부르는데, 최대한 유려하게 연결하는 게 콘텐츠의 포인트다.

비슷한 음계나 멜로디가 나오는 구간을 겹쳐 가며 노래를 부르는 게, DJ 믹스와 비슷한 방식이다.

여기서 난 〈플라워스 블룸〉에 이어서 〈낙화〉를 부른다.

웨이프롬플라워가 맨 마지막 곡으로 〈플라워스 블룸〉

을 부르는데, 거기서 내가 등장하는 것이었다.

자신들을 둘러싼 이슈에 정면으로 부딪쳐 조회 수를 챙겨 보겠다는 야심이 느껴지는 기획이랄까?

"리허설 진행하겠습니다!"

* * *

리허설을 끝나자 웨프플이 동선을 바꾸고 싶다고 요청하는 바람에, 촬영이 딜레이되었다.

나야 어차피 맨 마지막에 등장해 한 곡만 부르면 되니, 참여할 것이 없었고.

하릴없이 앉아 있는데, 웬 중년 남자가 말을 걸어온다.

"한시온 씨."

처음엔 구슬 라이브의 피디인 줄 알았는데, 아니었다.

"NT 대표 차선호라고 해요."

"안녕하세요. 한시온입니다."

"요즘 잘 보고 있어요. 재능이 대단하던데요?"

"과분한 칭찬 감사합니다. 열심히 하려고 노력하고 있습니다."

"이런 질문 정말 많이 들었겠지만 음악은 진짜 독학이에요? 혼자 익혔어요?"

"그렇습니다."

"이야……. 대단하네요."

헛기침을 한 번 한 차선호가 곧장 본론을 꺼내들었다.

뻔한 이야기였다.

준비 중인 보이 그룹이 있는데, 날 영입해서 리더로 삼고 싶다는.

하지만 그의 입에서 나온 팀의 이름이 전혀 뻔하지 않다.

"LMC로 결정했어요. 아마 바뀌지 않을 것 같고."

"……LMC요?"

"왜요? 요즘 친구들이 듣기엔 별로인가?"

"아뇨. 그런 건 아니고, 무슨 뜻인가요?"

"Lead Main Contents. 사실 뜻보단 어감으로 지었죠."

맞다.

진짜 LMC다.

생각해보니 웨이프롬플라워의 소속사인 NT가 LMC의 소속사다.

〈프라임 타임〉과 〈LMC〉.

몇 년 뒤 진짜 월드스타가 되는 두 케이팝 그룹.

내가 미국에서 한참 주가를 올리고 있을 때, 프라임 타임과 LMC는 나와의 친분을 갖기 위해 부단히 노력한다.

당연했다.

빌보드의 슈퍼스타인 내가 그들을 이끌어 준다면, 해외 진출이 몇 배는 수월할 테니까.

실제로 도와준 적도 있다.

이들과 끈끈한 관계를 맺으면 한국에서 유의미한 앨범 판매량이 생길까 싶어서.

하지만 결과는 반대였다.

처음엔 팬들에게 감사 인사를 받지만, 두 팀이 월드스타의 자리에 오르는 순간부터 날 싫어하기 시작한다.

왜냐고?

아무리 노력해도 날 이길 수 없으니까.

내 존재 때문에 1등, 최초라는 수식어는 단 하나도 쓸 수가 없으니까.

게다가 프라임 타임과 LMC가 아무리 그럴듯한 성과를 올려도 한국의 대중들은 눈이 높아져 있다.

빌보드 1위?

당연한 거다.

그래미 어워드 수상?

당연한 거다.

난 심지어 마이너 부문이 아닌, 본상의 수상자다.

그러다 보니 성공하기 전에는 친해지고 싶어서 안달이 나 있던 이들이, 월드스타 자리에 오르고 나면 날 피한다.

그래서 이들의 앨범을 프로듀싱해서 판매량을 올리겠다는 계획을 실현해 본 적은 없다.

물론 그렇다고 내가 두 팀을 싫어하는 건 아니다.

사석에서 이야기를 나눠 보면, 그냥 평범한 이들이었다.

본인들의 성공이 기쁘면서도 버겁고, 팬들의 기대에 부응하고 싶으면서도 도망가고 싶은.

하지만 내가 이 팀에 들어가게 된다면 이야기가 달라진다.

LMC에 들어가면 어떻게 될까?

"혹시 데뷔는 언제쯤으로 계획하셨습니까?"

"왜요? 빠르게 데뷔하고 싶어요?"

"네. 가급적 올해 안에 데뷔하고 싶습니다."

내가 영입된다고 해도 올해 데뷔를 할 순 없다.

내가 궁금한 건, 차선호란 남자가 진실을 말하는지였다.

"미안하지만 올해 데뷔는 안 돼요. 아무리 빨라도 내년 6월, 아니 8월은 되어야 할 거예요."

진실이다.

그렇다면 최소 1년 이상을 연습생으로 보내야 한다는 거고, 더 길어질 확률이 높다.

애초 역사에서 LMC가 데뷔하는 건 3~4년 쯤 뒤니까.

하지만 LMC라면 버티는 의미가 있지 않을까?

불확실성 속에서 몇 년을 버틸 자신은 없지만, 확실한 목표점이 있다면 이야기가 다르다.

"관심은 있나 보네요?"

"네. 개인적으로 NT의 프로듀서들이 잘한다고 생각합니다."

"플라워스 블룸을 그렇게 만들어 놓고?"

아, 잠깐만.

NT의 프로듀서 라인업이 갖춰지는 게 미래 시점인가?

상관없지.

작곡에 내가 개입하면 되니까.

차선호 대표가 농담이었던 듯, 웃으며 명함을 건넸다.

"커밍업 넥스트 피디가 죽일 듯이 노려보네. 오늘 이야기는 여기까지 합시다."

자리에서 일어나며 말을 보탠다.

"미팅 룸치고는 너무 어수선하지만, 진지하게 받아들여 줬으면 좋겠어요."

그렇게 NT 대표가 촬영장을 벗어나는데, 동선을 수정하고 있던 웨프플이 화들짝 놀라서 달려온다.

뒤늦게 대표를 발견한 모양새가 사전에 예고된 방문이 아닌 것 같다.

혹은 이쪽을 쳐다보고 있는 강석우 피디 몰래 방문하려고 했던가.

"리허설 다시 갈게요!"
세 번의 리허설 뒤에 본 촬영이 시작되었다.

-쿵쿵 뛰는 심장에 맞춰서

 웨프플의 무대는 썩 괜찮았고, 덕분에 나도 흥얼거리면서 부를 수 있었다.
 아, 내가 웨프플의 노래를 따라 부르는 건 제작진의 오더 때문이다.
 이 모습을 쿠키 영상으로 풀어서, 웨프플 팬덤과 깔끔하게 화해시켜 주겠다더라.
 마침내 내 차례가 다가왔다.

피어나!
Bloom!

 시원한 고음이 터지자, 구슬 라이브 쪽 스태프들이 안도의 미소를 짓는 게 보인다.
 만약 내 실력이 연출된 거면 어쩌지 하는 걱정을 가지고 있었던 것 같은데…….
 그럴 리가.

* * *

구슬 라이브 촬영이 끝나고, 강석우 피디와 근처 룸 형식의 중화요리집으로 향했다.

아마 본론을 꺼낼 시간인 것 같다.

"여기 맛있네요."

"그죠? 합정 촬영 있으면 꼭 오는 곳이에요."

코스 요리가 거의 끝나갈 때쯤, 강석우 피디가 운을 뗐다.

"제가 한시온 씨 지능을 고평가하는 거 알고 있죠?"

"알고 있습니다. 감사하게도 동등한 입장에서 대화해 주셨죠."

"그래서 물어보는 거예요. 어디까지 눈치 챘어요? 그리고 지금 기분이 어때요?"

"기분이요?"

뜬금없는 질문이다.

내 기분이 평소와 다를 게 뭐가 있단 말인가.

회귀 우울증 같은 감정 기복을 느끼고 있는 상태도 아닌데.

"본인은 모르는 모양이네요? 아까부터 한시온 씨 태도가 평소와 달랐어요."

"어떤 식으로요?"

"글쎄요……. 답답함? 억울함? 그런 감정을 느끼는 것 같아 보이네요."

내가?

"잘못 느끼시는 겁니다. 제가 답답하고 억울할 일이 뭐가 있겠어요?"

"세달백일의 심사평을 듣고 나서부터였는데……. 정말 평온한 상태에요?"

"평온하다고 생각합니다."

"좋아요. 어디까지 눈치 챘어요?"

"엠쇼와 라이언 엔터가 손을 잡고 절 테이크씬으로 데뷔시키려는 판을 짜고 있지 않나 생각합니다."

"……!"

강석우 피디가 눈을 크게 떴다.

내 대답이 너무 정답이었나 보다.

한참 말이 없던 강석우가 물을 들이켰다.

"허, 참. 나야 판을 다 알고 있으니까 보인다고 쳐도……. 어떻게 알았어요?"

"그게 아니라면 절 프로그램의 중심으로 밀 이유가 없어 보여서요."

"본인이 잘하기 때문이라고 생각할 수도 있잖아요?"

"그러기엔 테이크씬의 데뷔에 걸린 돈이 너무 크죠. 프로그램 하나를 제작할 정도였는데."

"좋아요. 이미 걸렸는데 단도직입적으로 물을게요. 나랑 B팀 선발전 끝나고 복도에서 나눈 대화 기억해요?"

물론 기억하고 있다.

"흠. 한시온 씨도 알고 있죠? 커밍업 넥스트가 뭔지."
"알죠. 테이크씬을 띄워 주려고 만든 프로그램."
"근데 왜 출연했어요?"
"선택하고 싶어서요."
"선택?"
"데뷔시켜 달라고 무작정 기다리는 게 아니라, 날 데뷔시켜 준다는 손을 고를 수 있는 상황을요."
"하하, 재밌네요. 데뷔는 꼭 하고 싶은가 봐요?"
"해야 하는 일이라고 생각합니다."

내 눈을 유심히 바라보던 강석우가 입을 연다.

"그 손을 고를 수 있는 기회가 왔네요. NT에서도 비슷한 제안을 했을 텐데."
"맞습니다."
"제가 듣기로 한시온 씨의 목표는 가장 빠른 데뷔였거든요?"
"네."
"테이크씬은 8월 데뷔에요. 이건 픽스된 거라서 한시온 씨가 갑자기 합류한다고 해도 변하지 않아요."

8월이면 코앞이다.

"제 생각에, 그 어떤 기획사를 가도 올해 안에 데뷔할 순 없어요. 정말 빨라야 내년 말이겠죠."

이렇게 되면 난 커밍업 넥스트에 출연한 목표를 완벽히 이룬 셈이다.

날 데뷔시켜 주겠다고 내미는 두 손이 라이언과 NT다.

라이언의 손을 잡으면 가장 빠르게 데뷔를 할 수 있고, NT의 손을 잡으면 최고의 재원들과 데뷔할 수 있다.

LMC는 내 눈에도 잘하는 놈들이었으니까.

하지만…….

이상하게 별로 기쁘지 않다.

어쩌면 내 감정 상태가 평소와 다르다는 강석우 피디의 말이 맞을지도 모르겠다.

아무 쓸모없는 질문을 던질 정도로.

"그럼 세달백일은 어떻게 되는 거죠?"

"데뷔 말이에요?"

"아뇨. 프로그램에서의 비중을 이야기하는 겁니다."

"계속 이대로 가겠죠. 한시온은 최고지만, 팀으로는 테이크씬이 데뷔할 수밖에 없는 명분을 만들기 위해."

프로그램이 종영할 때까지 세달백일의 성과를 폄하하겠다는 소리다.

강석우 피디의 손을 통해서, 심사위원들의 입을 통해서.

"미안, 내가 너무 몰입해서 오버해 버렸나 봐. 잘했다고 생각했는데……. 감정 과잉이었나."
"나 잘한 거 맞아? 어떻게 했는지 기억이 안 나. 무대에서 아무 것도 안 보였어."

그게 여론이 될 때까지.
내가 머뭇거리자, 강석우 피디가 너털웃음을 터트렸다.
"이제야 좀 스무 살처럼 보이네요. 그래요. 우정은 소중하죠. 저도 세달백일을 보면서 기분 좋아질 때가 많았거든요."
"하지만……. 무의미하죠. 데뷔하지 못할 거라면."
"맞아요. 세달백일이 비난을 받든, 극찬을 받든, 달라지는 건 없어요. 어차피 그들은 라이언 엔터의 연습생이 될 거고, 커밍업 넥스트가 완전히 잊힐 때쯤 세상에 나올 거예요."
동의한다.
한데 왜 이런 답답함을 느끼는 걸까?
내가 세달백일에게 특별한 감정을 품었나?

그럴 리 없다.

굳이 따지자면 나에게 가장 소중했던 팀은 GOTM이다.

여러 회차를 함께했고, 다양한 감정과 경험을 공유했다.

가장 많은 앨범을 팔아치웠고, 가장 많은 팬을 거느렸다.

그럼에도 불구하고 난 목표를 달성하기 위해서 GOTM을 버렸다.

세달백일도 다를 것이 없다.

목표 달성에 도움이 되지 못한다면, 난 그들을 버릴 수 있다.

한데 왜 이런 기분이 드는 걸까?

그 순간, 난 감정의 원인을 깨달았다.

홀가분함.

그동안 너무 많은 책임을 짊어지고 살아왔다.

내가 회귀를 한다고 해서 그 세상이 없어지는 게 아니다.

그러니 '내 팀'으로 받아들인 내가 사라진 이후에도 여전히 모든 이들의 삶은 나아간다.

들의 인생에 대한 책임은 나에게 있다.

시카고의 약물 중독 재활원에서 만난 데이브 로건을 GOTM으로 끌어들이는 순간, 난 그의 삶을 책임져야 한다.

데이브 로건이 스토커에게 교통사고를 당했을 때도 내 책임이었고, 공황 장애 때문에 마약에 손을 대는 것도 내 책임이었다.

데이브뿐만이 아니다.

앤드류 건의 손목 인대가 완전히 나가 버렸을 때도, 크리스 에드워드가 음악을 그만뒀을 때도.

형용할 수 없는 책임의 무거움에 숨을 쉴 수가 없었다.

내가 신도 아닐진대, 대체 얼마나 많은 이들의 인생을 입맛대로 바꾸며 살아왔는지를 두려워하며.

하지만……

세달백일은 다르다.

그들의 선택은 오롯이 본인의 책임이다.

난 그들의 인생에 개입하지도, 그들의 인생을 조종하지도 않았다.

우리는 그저 커밍업 넥스트라는 프로그램에서 우연히 조우한 사람들일 뿐이니까.

그 홀가분함이 나를 중독시켰던 거다.

그렇기 때문에 이들의 무대가 제대로 평가받길 원했던

거다.

나의 존재로 인해 그들의 노력이 폄하되기 시작한다면, 그건 다시 내 책임이 되어 버리니까.

"……."

마침내 모든 상황이 명확해졌다.

내가 왜 머뭇거렸는지, 답답함을 느꼈는지에 대해서 납득했다.

그러니 이제 결정을 내릴 수 있다.

"결정을 내렸나요?"

"네."

"어떻게 할 겁니까?"

무수히 많은 선택의 순간에서 회귀자가 결정을 내리는 기준은 간단하다.

더 재연하기 힘든 쪽이 정답이다.

NT에 연습생으로 들어가는 건 다음 생에도 할 수 있는 일이다.

커밍업 넥스트로 전 국민적인 관심을 받는 건 운이 필요한 일이다.

한 번 더 커밍업 넥스트에 나간다고 해서 에디가 이번처럼 반응한다는 보장은 없으니까.

커밍업 넥스트 덕분에 생긴 관심을 등에 업고 단숨에 데뷔를 해야 한다.

불확실성 속에서 세달백일과 몇 년을 연습생으로 허비하다간 회귀해 버릴 거다.

그러니…….

"테이크썬으로 데뷔하겠습니다."

이건 한시온의 선택이 아니다.

불가능에 가까운 목표를 향해 나아가는 회귀자의 선택이다.

회귀 한 번에 모든 관계가 제로로 돌아가는 회귀자에게, 감정은 아무런 의미가 없으니까.

입맛이 조금 씁쓸하더라도.

* * *

"석우야."

"예, 선배님."

"진행하자."

"감사합니다."

"한시온 이름 세 글자가 방송국을 쩌렁쩌렁 울려 대는데 별 수 있냐?"

웃음소리를 내던 국장이 넌지시 말을 이었다.

"근데 너무 많은 이슈가 동시에 터져서 정확히 뭘 하려던 건지 모르겠던데?"

"솔직히 말하자면, 가로등 아래서 리메이크로 음원 차트 1위를 달성하려고 했습니다."

"그게 끝?"

"네."

"그럼 다른 이슈들은 뭐야?"

"음원 성적을 위한 빌드업이었는데……. 빌드업으로 안 끝나더라고요."

지금 가장 인기가 많은 콘텐츠는 한시온과 크리스 에드워드가 선보인 즉흥 연주다.

조회 수가 벌써 800만을 돌파했고, 머지않아 천만 고지를 달성할 것 같으니까.

〈구슬 라이브〉도 큰 이슈를 만들어 냈다.

한시온을 게스트로 섭외한 웨이프롬플라워의 배짱에 대중은 박수를 쳤고, 한시온이 히트곡을 흥얼거리는 클립이 큰 인기를 얻었다.

덕분에 웨프플의 팬덤 측도 좀 누그러진 모양이었다.

크리스 에드워드라는 거물이 얽혀 있으니 계속 날을 세우기도 민망했고.

"그래. 내일 방송이 4회지? 시청률 몇 퍼가 목표냐?"

"5%입니다."

"진심으로?"

"예."

"이러다 네가 국장 달겠다."
"그러면 선배님은 사장단으로 가셔야죠."
"석우야, 한우 먹을래?"

* * *

커밍업 넥스트 4회가 끝나자, 신스의 〈장난친 적 없어〉와 〈가로등 아래서 리믹스〉가 화제에 올랐다.

심지어 강석우 피디는 한시온, 조기정, 이현석이 LB 스튜디오에서 선보인 즉흥 잼을 고스란히 방송에 담았다.

이미 유튜브에 한 번 업로드를 했음에도 말이었다.

결과는 좋았다.

즉흥 잼 클립이 인급동 1위를 달성하자, 유명 가수들이 각종 유튜브 채널에 출연해 한시온의 재능을 칭찬하기 시작했다.

대다수는 최대호 대표가 인맥으로 섭외한 이들이었지만, 대중들은 몰랐다.

알아도 상관없을지도 몰랐다.

노래 자체가 워낙 좋았으니까.

물론 그렇다고 긍정적인 반응만 있는 건 아니었다.

-이정도면 커밍업 한시온 아니냐?
-아무리 한시온이 먹힌다고 해도 좀 지나치다;
-테이크씬 팬덤이 한시온 존나 싫어하던데ㅋㅋㅋ
-세달백일 쪽도 복잡함. 수챗구멍도 아니고, 컷만 받으면 다 빨아먹으니까.
-꼬우면 한시온만큼 하든가ㅋㅋ
-음악은 한시온 몰아주는 거 오케이다 이거야. 근데 왜 우리 이온이 얼굴 한번 안 잡아 주는데? 클로즈업 한 번이 그렇게 어려워?
-♡♡시온 절대 데뷔해♡♡

하지만 이런 반응이 나올 수 있다는 걸 제작진이 모를 리가 없었다.
코어 팬들의 반응이야 어쩔 수 없었지만, 대중들의 부정적인 반응은 5회가 방송되면서 바뀌기 시작했다.
서울 타운 펑크를 준비하는 내내 고군분투하는 한시온의 모습이 방송을 탔기 때문이었다.

-최재성 말귀 ㅈㄴ 못 알아듣네.
-쓸데없이 해맑아서 더 열받음.
-온새미로는 왜케 뚱하냐? 한시온 디렉도 듣는 둥 마는 둥 하고.

-다들 한시온 질투하는 거 같지 않냐?
-시온이가 제일 답답할 텐데... 티 한 번 안 내고 열심히 하는 거 대견해.

그사이.
"이번 미션이 마지막 미션입니다."
커밍업 넥스트는 최종 미션 무대를 앞두고 있었다.

* * *

언젠간 팀원들에게 말했던 적이 있다.
지금 같은 방송의 흐름이 유지된다면 미션이 하나 줄어들 확률이 높다고.
추측은 현실이 되었다.
5번으로 예정되어 있었던 총 미션 수가 4번으로 줄어든 것이었다.
즉, 이번이 세달백일로서 꾸미는 마지막 무대라는 소리다.
마지막 미션의 대결 주제는…….
"자유곡 미션입니다."
자유곡이다.
"어떤 곡이든 좋습니다. 이미 불렀던 노래도 좋고, 자작곡을 선보여도 좋습니다."

최대호 대표가 나를 슬쩍 본다.

자작곡을 만들 사람이 나밖에 없어서 보나 싶었는데, 그게 아닌 것 같다.

자작곡은 선택하지 말라는 무언의 압박이다.

지금처럼 프로그램의 화제성이 클 때는 유명 곡을 선택하는 게 안전하니까.

무슨 마음인진 알겠는데, 글쎄.

이래봬도 내가 자유의 나라에서 물 건너온 유서 깊은 아메리칸이라서.

물론 아직 뭘 할진 정하지 않았지만.

"마지막 경연에는 무려 2,000명의 방청객을 초청할 예정입니다. 그러니 그분들을 즐겁게 할 특별 무대를 준비할 생각입니다."

느낌이 온다.

테이크씬과 세달백일을 섞을 것 같다.

아니나 다를까, 최대호 대표의 입에서 〈듀엣 공연〉이란 단어가 나오더니, 곧장 파트너까지 발표되었다.

구태환 - 레디
온새미로 - 주연
최재성 - 페이드

이이온 - 씨유

한시온 - 아이레벨

나만 의도가 보인다고 생각하는 건가?

얼핏 보면 무작위로 짠 페어 같지만, 실제로는 무대 위에서 테이크씬이 돋보이는 구성이다.

구태환과 레디의 듀엣만 해도 그렇다.

구태환은 도입부에서 굉장한 느낌을 만들어 내지만, 랩 포지션의 레디는 분위기를 턴 업 시키는 능력이 있다.

즉, 두 사람이 듀엣을 하게 되면 구태환이 만들어 낸 좋은 느낌을 레디가 완성하는 그림일 수밖에 없다.

구태환 토스에 레디 스파이크라고 해야 할까.

이건 구태환이 후렴 파트를 맡는다고 해도 변하지 않는다.

이뿐만이 아니다.

온새미로와 주연을 붙여 놓은 건 대놓고 가창력 대결을 하라는 거고, 최재성과 페이드도 상성이 별로다.

최재성은 단점이 적은 육각형의 보컬이지만, 페이드는 가창력은 좀 부족해도 표정 연기와 몰입감이 뛰어난 보컬이다.

페이드를 싫어하긴 하지만, 인정할 건 인정해야지.

그러니 최재성과 페이드가 붙으면 총점은 최재성이 더

높지만, 스포트라이트는 페이드가 받게 될 거다.

최재성 같은 타입의 보컬은 그룹에 안정감을 만들어 내지만, 듀엣에서는 돋보이기 힘들다.

아마 여기까지는 내 추측이 정확할 거다.

한데, 이이온이랑 씨유를 붙여 놓은 이유는 모르겠다.

노래 실력은 이이온이 적당히 앞서지만, 외모의 차이가…….

아, 알겠다.

씨유는 지금까지의 방송을 통해 절실하게 노력하는 이미지를 얻었다.

외모, 노래, 춤.

모든 게 조금씩 부족하지만 절대 기죽지 않고, 이를 꽉 문 채 나아가는 캐릭터다.

이런 캐릭터가 이온 형과 붙는다면 어떻게 될까?

대중들은 저도 모르게 씨유를 응원할 확률이 높다.

시작점부터 불합리한 싸움처럼 보일 테니까.

언더독 신드롬은 늘 먹히는 서사다.

즉, 나를 제외한 모든 듀엣 무대의 주인공은 테이크씬으로 정해져 있었다.

그래 뭐, 나쁘지 않다.

제작진이 머리를 많이 굴린 게 티가 나고, 그들의 목적을 생각해 보면 타당하다.

하지만, 좀 지나치지 않나?

본 무대는 편집을 거지같이 하고, 심사위원들은 거짓말로 심사평을 하는데.

이벤트성 무대 정도는 공정하게 진행해도 되지 않았을까?

듀엣 무대가 승자와 패자를 가리는 경연도 아니니, 그냥…….

"……."

지금 뭐 하는 거지.

함께 데뷔할 팀의 팀원들이 대중들에게 고평가를 받는 건 좋은 일인데.

지금 당장 테이크씬보다 세달백일과 더 친한 건 어쩔 수 없는 일이지만, 판단에 감정을 섞으면 안 된다.

어차피 세달백일과의 인연도 회귀 한 번이면 없어지는 거다.

다음 회차 때 커밍업 넥스트에 출연하지 않는다면 우리는 서로 모르는 사람들일 뿐이니까.

감상적일 필요 없다.

그런 반성을 하고 있을 때쯤, 심사위원들이 두 그룹으로 나뉘었다.

블루와 이창준이 세달백일의 멘토를 맡고, 유선화와 최대호가 테이크씬의 멘토를 맡게 되었다.

이윽고 세달백일은 두 명의 멘토와 함께 장소협찬이 분명한 레스토랑으로 향했다.

협찬이 아니라면 밥 한 끼 먹자고 포천에서 차를 타고 40분이나 나갈 리가 없으니까.

* * *

"그동안 정말 고생 많았어."
"심사위원님도 고생하셨습니다!"
"감사했습니다!"
"얘들아, 아직 끝난 거 아니야."

블루가 씩 웃으며 말을 이었다.

"끝난 건 아닌데, 마지막 무대를 준비하려니까 기분이 묘하다. 그치?"
"네. 진짜 이상해요."
"그래서, 너희는 어떤 곡 하고 싶어?"
"음, 시온이의 생각이 있지 않을까요?"
"이제 완전히 맡기고 방임이야?"
"믿음직스럽잖아요. 서울 타운 펑크…… 때부터 증명한 게 있으니까."

살짝 머뭇거린 이이온의 말에, 맞은편에 앉아 있던 이창준이 툭 던졌다.

"솔직히 서운했지?"

"네?"

"방송 봤잖아. 너희들이 잘한 부분도 있는데, 아쉬운 부분만 포커싱 됐으니까."

"아닙니다. 없는 장면을 만들어 낸 것도 아닌 걸요."

"잘 들어. 너희는 무조건 데뷔를 할 거야. 언젠간 방송국에서 볼 놈들이라고. 그러니 후배에게 해 주는 조언이라 생각하고 말 좀 할게."

이창준은 그 이후로 커밍업 넥스트의 비즈니스적인 부분에 대해서 이야기를 했다.

어쩔 수 없이 테이크씬이 데뷔를 해야 하며, 여기에 걸린 돈이 어마어마하다는 사실.

하지만 너희들 역시 라이언 엔터에서 데뷔할 거라는 덕담.

그게 안 되면 자신이 회사를 차려서 영입할 거라는 공수표까지.

세달백일이 불만을 품고 사고를 치기 전에 솔직함으로 합의를 구하는 모습이었다.

근데, 솔직히 기분이 좋지 않다.

거짓 심사와 편협한 편집을 일삼은 주제에 행위의 당위성까지 인정받으려고 하는 게.

물론 내가 착한 사람은 아니다.

나도 수없이 많은 악행을 저지르며 살아왔다.

지금은 그럴 필요가 없지만, 서툴렀던 회귀 초창기에는 누군가의 기회를 빼앗고 훔쳤으니까.

이슈 제조와 이미지 메이킹을 위해 타인을 공격하고, 대중들을 선동한 적도 많다.

특히, 회귀 이후의 세상에 대한 진실을 알기 전까지.

하지만 난 단 한 번도 피해자에게 나의 당위성을 설명하지 않았다.

변명하지 않았고, 이해를 구걸하지도 않았다.

그저 미움과 증오를 고스란히 받아들일 뿐이었다.

그게 악역이 해야 할 일이다.

지금처럼 구질구질하게 구는 게 아니라, 최소한의……

젠장. 그만하자.

이러다 회귀 우울증에 빠질 것 같다.

"저, 잠시 화장실 좀 다녀오겠습니다."

"아, 시온아. 한 층 올라가라. 이층은 스태프들이 왔다 갔다 하고 있을 거야."

"네."

그렇게 화장실을 다녀오니, 세달백일 멤버들이 블루와 심각한 표정으로 대화를 나누고 있는 게 보인다.

이창준은 그 대화를 지켜보며 창가 쪽에 서서 통화를 하고 있고.

뭔가 싶어서 다가가니 대화가 후다닥 멈추더니, 휙 화제를 전환한다.

"근데 여기 후식은 없어요?"

"마지막이라고 벌써 빠진 거야? 식단 관리해야지."

"에이, 멘토님. 무려 '웰스 파인 레스토랑'까지 왔는데요?"

"어쭈. 연예인 다 됐다. PPL 분량 챙겨 주네?"

내가 들으면 안 되는 이야기라도 한 건가?

하지만 무슨 대화를 나눴는지 물어보진 않았다.

나는 내 선택에 대한 이야기를 하지 않았는데, 이들에게만 모든 이야기를 강요하는 건 불합리하니까.

그렇게 PPL을 겸한 멘토링이 끝나고 포천으로 돌아왔다.

연습실로 직행할 생각이었는데, 멤버들이 자연스럽게 카메라가 없는 이층으로 향한다.

"편하게 회의하면 좋잖아. 말 안 가려 가면서."

그렇긴 하지.

카메라 앞에 있으면 자체 필터를 가동하느라 브레인 스토밍이 덜 될 수밖에 없다.

"편하게 이야기해 보자. 아, 시온이가 진행할래? 리더잖아."

"아뇨. 형이 하셔도 돼요."

"그래? 혹시 생각해 둔 아이디어는 있어?"
"딱히 없어요. 그냥 모두 좋아하는 걸 하면 좋겠는데."
"그건 어때?"

지금까지 선곡에 개입하는 일이 없던 온새미로가 운을 뗐다.

"뭐?
"LB 스튜디오에서 만들었던 곡."
"아, 그거?"

온새미로에게 내 재능을 보여 주기 위해 만들었으며, 우연히 나온 결과물이 너무 좋아서 놀랐던 트랙.

괜찮을 것 같다.

PBR&B 느낌을 빼고 케이팝에 어울리게 편곡한다면, 호불호 없는 이지 리스닝 곡이 될 거다.

"저는 선곡은 모르겠고, 장르는 트로피컬 하우스면 좋겠어요. 제가 제일 좋아하는 장르에요."

최재성의 말도 적절했다.

다시 한번 들어 봐야겠지만, 트로피컬 하우스랑 어울리는 멜로디였던 것 같으니까.

"나는 신선하면서도 중독성 있는 도입부를 받고 싶어. 플리 공유하는 유튜브 영상에 첫 번째로 나오는 느낌 있잖아."

"아, 듣자마자 빡 꽂혀서 무조건 듣게 되는 거요?"

"응. 도입부 2마디 때문에 꽂히는 노래. 그런 거 불러 보고 싶어."

구태환의 의견.

남은 건 이이온뿐이었다.

"시온아. 내가 정말 음색을 극복할 방법은 없을까?"

"네. 잔인하게 들린다는 거 알지만, 형 음색은 교정되는 게 아니에요."

"이젠 위로하는 서술어도 붙여 주네? 우리가 좀 친해지긴 했지?"

이이온이 씩 웃고는 물었다.

"그러면 네가 가로등 아래서를 불렀던 방식으로도 안 돼?"

생각해 본 적 없던 가정이지만, 쉽지 않을 거다.

"이창준 작곡가가 했던 심사평을 말하는 거죠?"

"시온아. 이창준 심사위원님이라고 해야지."

"창준이 형?"

"최재성!"

최재성의 농담에 기겁한 이이온이 반사적으로 주변을 둘러봤지만, 여긴 카메라가 없다.

"아무튼 맞아. 이창준 심사위원님이 그렇게 말했었잖아. 네가 목소리를 악기처럼 다뤘다고."

"노래를 불렀다기보다는 목소리를 악기처럼 썼다는 표현이 더 잘 어울리는 방법이었습니다. 정확한 음을 찍어야 하니까요."

"나도 그렇게 할 수 있는 거 아니야?"

가능성의 여부를 묻는 거라면, 가능하다.

일렉 기타리스트들 중에서는 일부러 디스토션을 잔뜩 걸어서 더러운 사운드를 만들어 내는 경우도 있다.

기타 소리가 더럽다고 해서 멜로디가 불편하게 들리진 않는다.

오히려 쿨하게 들린다.

정확한 음, 정확한 음간, 정확한 음압을 표현할 수만 있다면 음색은 상관없다.

하지만…….

"어려울걸요. 연습에서 구현했다고 해서 실전에서 어떻게 될지도 모르고요."

연습실과 무대는 많은 것이 다르다.

탁 트여 있으니 공간감이 다르고, 무대 장치 때문에 소리의 반향도 다르다.

심지어 관객들이 지르는 함성이 혼란을 유발하고, 인이어로 모니터링을 해야 한다는 차이도 있다.

이이온이 하고 싶은 건, 이 모든 요소를 컨트롤해야지만 성공할 수 있는 일이다.

나도 오랜 시간을 연습한 뒤 가능해진 일이고.

"그럼 딱 두 마디라면?"

"……가능성은 높아지겠죠. 하지만, 형."

"응."

"그러면 형은 마지막 무대에서 단독 파트가 10초도 안 되는 거예요."

"그래도 하고 싶어."

이이온이 단단한 눈빛을 보냈고, 난 그 눈빛을 외면할 수가 없었다.

"알겠어요."

"대신 좀 멋있는 파트로 주면 안 돼?"

"프리훅 드릴게요. 두 번은 나올 수 있게."

"오, 좋아."

그렇게 모든 멤버들이 조금씩 보탠 의견으로 곡의 방향성이 정해졌다.

하지만 이런 건 평소의 세달백일 스타일이 아니다.

마지막 무대라서 감상적으로 변했다고 하기엔, 이미 서로 말을 맞춰 둔 것 같다.

그러니 알 수 있었다.

"다들 알았나 보네요."

세달백일 멤버들이 나의 선택에 대해서 눈치 챘다는 걸.

잠깐 멈칫했던 멤버들이 이내 선선히 웃으며 고개를 끄덕인다.

"알았지. 네가 그렇게 미안한 표정을 짓고 다니는데 어떻게 몰라?"

내가?

연기를 하고 있었는데.

"에이, 티 팍팍 났어요."

최재성까지 말을 보태자 결국 인정할 수밖에 없었다.

나도 내가 평소보다 감성적인 상태라고 생각했으니까.

"어디까지 알았어요? 그리고 어떻게 알았어요?"

"음, 제작진이 테이크씬을 밀어준다는 건 확신했는데……. 그것 때문에 눈치 챈 건 아니야."

"그럼요?"

"네가 좀 이상했어. 평소처럼 행동하는데 어딘지 딱딱한 느낌? 적대적인 건 아니고, 거북이가 등껍질 아래 숨은 느낌."

"……."

"그쯤 태환이가 알아차렸지."

구태환이?

하긴, 구태환은 굉장히 빠르니까.

하지만 세달백일이 완벽한 정답을 찾아낸 건 아니었다.

"세달백일에서 너만 데뷔하게 된 거지?"

하긴, 이들의 입장에서는 거기까지만 생각이 닿는 게 당연하다.

결국 난 진실을 고백했다.

내 이야기를 들은 구태환이 당황스러운 신음을 흘렸다.

"테이크씬이라고?"

"그건 상상도 못했는데……. 순탄히 활동할 수 있을까? 얼마 전까지만 해도 경쟁하던 이들이잖아."

"아니, 그보다 페이드는 어떡해요? 둘이 최악인 거 아니에요?"

뭔가 좀 이상하다.

이들은 벌써 내가 테이크씬에서 데뷔하는 걸 기정사실로 받아들였다.

아마도 그날의 대화 때문이겠지.

"시온아. 혹시 부모님이 병원에서 네 노래를 들으실 수 있게 여기 출연한 거야?"

"그런 셈이죠. 그래서 가급적 빠르게 데뷔를 하고 싶기도 해요."

내 입장에서는 가벼운 대화였다.

이제 와서 크게 슬픈 일도 아니었으니까.

하지만 멤버들은 그렇게 받아들이지 않았다.

본인 입장보다 내 입장을 더 고려할 정도로.

이건 쉬운 일이 아니다.

무수히 많은 사람들을 만나며 알게 된 건, 타인을 헤아려 주기 위해서는 한 가지 요소가 필요하다는 것이다.

바로, 본인의 안위.

자신이 손해를 보는 게 아니어야만 타인을 배려할 수 있는 게 보통의 인간이다.

그럼 세달백일은 뭘까?

내 데뷔 때문에 본인들의 방송 분량이 망가졌다는 걸 알고 있는데.

그때 온새미로가 입을 열었다.

"너무 신경 쓰지 마. 우리도, 시청자도."

"시청자?"

"시청자들에게 비난받는 일이 없을 거라는 거야."

"그럴 리가. 세달백일을 응원하던 사람들은 날 욕할걸."

그들의 비난에 상처를 받진 않겠지만, 그렇게 되긴 할 거다.

하지만 온새미로는 답지 않게 자신만만한 미소를 지었다.

"우린 아니라고 생각해."

무슨 생각인지 모르겠다.

잠깐의 침묵이 흘렀고, 난 침묵 속에서 결정을 내렸다.

"좋아요. 이제 내 생각을 말해도 돼요?"

"네 생각? 뭔데?"

"그전에, 듀엣 무대가 어떤 의미인 줄 알아요?"

"그냥 축하 공연 아니야?"

"아니에요."

내가 파악했던 사실을 전달하자, 멤버들이 당황한다.

"아니, 넌 대체 어떻게 그런 걸 캐치하는 거야?"

"뻔하잖아. 심지어 자유곡의 의미까지 알려 줄까?"

"거기도 의미가 있어?"

"라이언 엔터가 야심 차게 키운 테이크씬. 데뷔곡은 씬 스틸러로 정해졌다지만, 과연 그 한 곡만 모집했을까?"

절대 아닐 거다.

수십 개의 곡을 받고, 2, 3곡 정도를 후보로 추리고, 마지막의 마지막까지 고민했을 거다.

"그런 곡들 중 하나를 부를 확률이 높아요. 어쩌면 후보곡이 아니라 씬스틸러 뒤에 나올 후속곡을 불러 버릴 수도 있죠."

커밍업 넥스트의 화제성이 충분하니, 시도해 볼 수 있는 일이다.

생각해 보니까 자작곡을 지양하라고 눈치를 준 건, 본인들이 신곡을 부르기 때문일 수도 있을 것 같다.

두 번의 무대에서 전부 낯선 곡이 흘러나온다면 좋지 않을 수도 있으니까.

"즉, 마지막 무대는 우리가 무슨 짓을 해도 테이크씬의 승리로 방송된다는 겁니다. 없는 장면을 만들어 내서라도."

"그렇겠네……."

"하지만."

멤버들을 훑어보다가 말을 이었다.

"현장에서는 우리가 이겼으면 좋겠어요. 2,000명의 방청객들이 고개를 갸웃할 정도로. 심사위원들의 심사평에 불복할 정도로. 방송 이후에는 시청자 게시판이 항의로 도배될 정도로."

이게 내 본심이다.

테이크씬보다 세달백일이 좋고, 이들이 잘됐으면 좋겠다.

내가 사라지더라도 이들의 포텐셜이 만개할 순간이 존재했으면 좋겠다.

그 순간을 이정표 삼아 정상으로 나아갈 수 있도록.

물론 이게 내 마음의 꺼림칙함을 없애기 위한 자기만족적인 행위라는 걸 안다.

본심이 어떠하든, 난 데뷔로 가는 가장 빠른 길을 거부하지 않을 거니까.

하지만 내 자기만족이 이들의 만족으로까지 발전할 수 있다면…….

"남은 기간, 미친 듯이 해 보죠. 테이크씬을 무참히 박살 내기 위해."

그걸로 좋을 것 같다.

* * *

심사위원들이 듀엣 무대용 선곡을 결정했다.

"태환이랑 레디는 이 곡을 부를 건데……."

내가 예상했던 것처럼 파트까지 다 분배된 상태로.

그렇게 테이크씬과 세달백일의 듀엣 연습이 진행되는 사이, 난 마지막 미션에서 부를 노래의 편곡 작업에 착수했다.

동시에 멤버들을 가르치기 시작했다.

그동안은 너무 재수 없게 보일까 봐 카메라 앞에서 몸을 사렸지만, 이젠 상관없다.

어차피 커밍업 넥스트는 한시온을 예쁘고 곱게 포장해서 라이언 엔터에 보내야 한다.

내가 뭘 하든 부적절한 장면이 방송될 리가 없다.

트레이닝에 가장 많은 시간을 투자한 건, 이이온이었다.

고작 2마디뿐이지만, 가장 난이도가 높으니까.

"우선 청음 능력을 키워야 해요. 본인이 내는 소리를 들을 수 있어야 낼 수도 있는 법이거든요."

이이온을 세워두고 피아노를 건반을 천천히 눌렀다.

"음계가 뭐 같아요?"

"음······. C, E, A, G?"

"정답. 좋아요. 이제 두 개의 음을 합성해 볼게요."

"······F랑 D인가?"

"다음은 반음이에요."

이이온은 생각보다 청음에 익숙해 보였다.

이야기를 들어보니, 잠깐 한예종 입시를 준비했었단다.

"근데 어쩌다가 소속사에 들어가게 된 거예요?"

"음시 때문에 실음에 갔는데, 아, 실음은 실용음악학원이야."

"저도 그 정도는 알거든요."

그때쯤 연습을 하고 있던 세달백일 멤버들이 슬금슬금 모여들었다.

이이온의 인생 이야기가 궁금한 모양이다.

이이온이 소속사에 들어가게 된 사연은 특별할 게 없었다.

"얼굴 때문이었어."

"……형은 진짜 안 뻔뻔하게 뻔뻔하기의 최고 권위자예요."

"맞아. 시온이는 대놓고 잘난 척이라도 하지."

내가? 난 잘난 척한 적 없는데?

하지만 이이온이 회사에서 나오게 된 계기는 별로였다.

"자꾸 술자리를 데려가려고 하더라고. 무대 연습은 미뤄 놓고."

"술자리라면……."

"뭐, 광고주지."

"나, 남자요?"

"둘 다."

"아니 근데 형 광고도 찍었어요?"

"일반인 모델이 필요한 광고 몇 개?"

이런 건 세계 어느 곳에서나 벌어지는 일이다.

미국이라고 다르진 않다.

중요한 건, 이야기를 들어 보니 이이온이 잘 처신했다는 것이다.

대형 기획사에 들어가면 이런 부분에서 자유롭다는 장점이 있다.

라이언에서 이이온에게 그런 걸 시킬 리가 없으니까.

"그래서 회사를 나왔어. 팀장이 했던 말을 녹음해 놓은 덕분에 깔끔하게 나왔지."

아하. 그래서 커밍업 넥스트 1화에서 이전 소속사를 대놓고 디스를 했구나?

이이온의 이야기가 끝나자, 다른 멤버들도 자연스럽게 자기 이야기를 풀어낸다.

온새미로의 사연은 이미 알고 있었고, 구태환은 별 이야깃거리가 없었다.

"난 그냥 잘 살아왔는데……."

어렸을 때 눈치가 빨라서 적응이 힘들었다는 것만 빼면, 평온하고 안온한 삶을 살아온 듯했다.

그게 나쁜 건 아니다.

오히려 축하해 줄 만한 일이지.

다만 최재성이 말을 좀 애매하게 했다.

집안의 압박이 심해져서 겉돌다가 많은 사람들의 사랑을 받는 아이돌을 꿈꾸게 됐다는데.

진짜 중요한 포인트는 어떤 식의 압박을 받았는지 같다.

하지만 최재성은 자세한 이야기를 얼버무렸고, 우리도 굳이 캐묻진 않았다.

"자, 이제 휴식 끝났죠? 다시 연습해 봅시다. 온새미로."

이이온 다음으로 트레이닝에 공을 들인 사람은 온새미로였다.

〈갈림길〉 무대에서 정말 잘했던 온새미로는 지금이 가장 중요하다.

가난에 대한 열등감과 나에 대한 질투심을 버리고, 스스로를 바라보기 시작했으니까.

지금부터는 가르치는 족족 스펀지처럼 흡수할 텐데, 그게 잘못된 가르침이면 안 된다.

"넌 기본적으로 소리를 낼 때, '나 소리 낸다. 지금 낼 거야. 자 들어 봐.'하는 티를 너무 많이 내."

"안 좋은 거야?"

"안 좋지. 감칠맛 나는 소리라는 표현 들어봤지?"

"응."

"감칠맛이 뭐야? 풍미잖아. 풍미는 그 맛을 충분히 만끽할 때 느낄 수 있는 건데, 넌 자꾸 그걸 없애."

"아, 내가 다음 멜로디를 부를 준비를 하고 있으니까?"

"맞아. 충분히 맛을 느끼기도 전에 다음 맛을 강요하는 거지. 템포가 빠른 노래를 부를 때는 상관없는데, 느린 곡을 부를 때는 티가 날 거야."

이외에도 평소에 느꼈던 온새미로의 문제를 모조리 지적했다.

지금 당장 이해는 못하더라도, 외워 두라면서.

사실 이런 건 보통의 보컬 트레이너들이 지적하지 않는 부분이다.

아니, 지적을 못하는 부분이다.

세월로만 배울 수 있는 부분이라 여기고, 가르칠 수 없다고 치부해 버리는 것이다.

하지만 난 그렇게 생각하지 않는다.

이런 부분까지 잡아 줄 수 있어야 한 사람의 인생을 책임진다고 말할 수 있다.

물론 온새미로는 내가 책임지는 인생이 아니지만, 가르쳐 줄 수는 있다.

"그러니까 여기서……."

강의에 열중하고 있는데, 갑자기 구태환이 어깨를 툭툭 건드린다.

"왜?"

"온새미로 괴롭히는 거 아니지?"

"내가? 왜?"

"혀뿌리의 움직임을 가지고 한 시간을 떠들고 있길래."

"……한 시간이나 지났어?"

과몰입을 했나 보다.

"그래도 배워 두면 좋은 거야."

온새미로한테 암기했냐고 물어보니, 녹음을 했단다.

스마트폰이 좋긴 좋다.

나 때는 말이야…….

음, 나도 스마트폰 세대지.

그 뒤로 최재성과 구태환을 트레이닝 시키고는 작업실에 틀어박혀서 곡을 만들기 시작했다.

* * *

마지막 무대를 위한 준비가 차근차근 진행되는 사이, 5화와 6화가 방송을 탔다.

5화의 메인 콘텐츠는 〈서울 타운 펑크〉였다.

이 무대는 대중들의 굉장한 반응을 이끌어 냈다.

업타운 펑크는 아무리 음악에 관심이 없더라도 한 번쯤 들어 봤을 곡이다.

그리고 서울 타운 펑크는 업타운 펑크에 뒤지지 않는 곡이다.

아, 물론 가수로서 역량을 이야기하는 건 아니다.

아무리 세달백일이 분전했다지만 원곡 가수에 비빌 수는 없지.

원곡의 핵심 포인트를 강조하면서도 편곡적인 재미를 놓치지 않다는 이야기다.

게다가 이건 신경 쓰지 않았던 부분인데, 일반 대중들에게는 한국 전통 악기 사용이 가산점 사유인 듯했다.

아이돌 팬들에게는 시간 여행이라는 컨셉이 잘 먹혔고.

-시간여행시간여행시간여행시간여행시간여행시간여행시간여행.
-세달백일 이 미친놈들 다함께 데뷔해ㅠㅠㅠㅠㅠ
-지구뿌셔ㅠㅠㅠㅠ우주뿌셔ㅠㅠㅠㅠ시간도뿌셔ㅠㅠㅠ

도대체 지구랑 우주는 왜 부수는지 모르겠지만, 좋다는 뜻이란다.
최재성의 말에 따르면 보통 이 뒤에는 아파트를 뽑는다는데…….
나도 눈치가 있지.
날 놀리려고 한 거짓말일 거다.
팬들이 무슨 타노스도 아니고.
다행스럽게도 제작진은 〈서울 타운 펑크〉에는 손을 대지 않았다.
다만, 그 포커싱을 온전히 나에게 몰아줬다.
이 무대가 탄생한 게 오롯이 나 때문인 걸로 연출했으며, 내가 모든 멤버들을 캐리하는 것처럼 그려 냈다.
준비 과정만 따지면 틀린 말은 아니다.
하지만 무대 위에서까지 그렇게 연출한 건 좀 별로였다.
무대에 몰입하고, 토해 내고, 터트린 것은 온전히 멤버들의 성과였는데.

그렇게 차곡차곡 시간이 흘렀고, 경연이 이틀 앞으로 다가왔다.

내일은 컨디션 조절을 해야 하니, 오늘이 연습할 마지막 날인 셈.

한데, 이이온을 필두로 멤버들이 고집을 부리기 시작했다.

어딜 꼭 가야 한단다.

"그러니까 어딘데요."

"가 보면 알아."

"사진 찍으러 가자는 건 아니죠?"

"뭐? 당연히 아니지."

결국 난 멤버들의 완강한 고집을 이기지 못하고 따라나서야 했다.

그렇게.

띠- 띠- 띠-

부모님의 병실에 도착했다.

* * *

처음 든 생각은 '촬영인가.'였다.

그게 아니라면 세달백일 멤버들이 부모님의 병실을 알 방법이 없을 테니까.

하지만 그렇다기엔 따라온 카메라가 없고, 거치 카메라도 없다.

내 의문을 짐작한 듯, 이이온이 입을 열었다.

"레스토랑에서 멘토님께 물어봤었어. 혹시 제작진분들에게 연락해서 알아봐 줄 수 있냐고."

"……제가 화장실 갔을 때?"

"응."

그랬군.

그러니 내가 나타나자마자 화제를 돌렸던 거다.

상황은 이해했다.

하지만…….

저들을 이해할 수가 없다.

우리는 이미 끝을 고했다.

난 테이크씬으로 데뷔할 거고, 이들은 라이언에 남을 거다.

라이언에 남는다고 영원히 함께하는 것도 아니다.

누군간 라이언의 데뷔 조에서 탈락할 수도 있는 거고, 또 누군간 다른 기획사의 러브콜을 받고 떠날 수도 있는 거니까.

그러니 이렇게까지 할 이유는 없다.

그때 온새미로가 핸드폰으로 음악을 틀었다.

"생각해 보니까 네 노래는 이미 병실에 닿고 있을 거 같아서."

이이온의 말을 구태환이 받는다.

"신곡을 미리 들어 보시는 게 더 좋지 않을까?"

온새미로 덕분에 작곡했고, 최재성이 장르를 정했고, 구태환이 도입부를 요청했고, 이이온이 프리훅을 책임질.

내가 만든 노래.

〈세달백일〉.

작은 노랫소리였다.

병실 안을 꽉 채우지도 못할 정도로.

누군가 작은 허밍을 시작했다.

이윽고 날 제외한 멤버들이 본인의 파트를 흥얼거렸다.

♬ ♪ ♪ ♪ ♪ ~

그 노랫소리 사이로.

부모님의 심전도 소리가 섞이고.

가습기가 작동하는 소리가 나며.

창밖의 새소리가 들리고.

초여름 바람이 창문을 두드렸다.
내 울음소리와 함께.

* * *

최종 경연 전날, 에디가 찾아왔다.
"헤이, 벌써 마지막이라며?"
"벌써라기에는 꽤 길었지."
"보내 준 노래 들었어. 세-달-배길?"
에디의 어설픈 한국어 발음에 피식 웃었다.
"그래서 평가는?"
"좋은 노래였어. 딥하우스가 낫지 않았을까라는 생각만 빼면."
"케이팝에선 이게 잘 먹히거든."
"아, 참. 알렉스가 아주 황당한 얼굴로 돌아간 거 알아?"
크리스 에드워드의 매니저 알렉스는 얼마 전, 자신만만한 얼굴로 계약서를 내밀었다.

쭉 지켜보고 있으니 도저히 놓쳐서는 안 될 거라는 확신이 들었고, 본사를 설득해 왔다며.

"이 정도 계약금은 정말 말도 안 되는 겁니다."

거짓말은 아니었다.

아시아의 무명 가수에게 내밀 거라고는 상상하기 힘든 액수였으니까.

주(州)에서 꽤 잘나가는 로컬 가수들이나 받을 법한 계약서다.

하지만 거절했다.

내 목표점은 빌보드가 아니니까.

알렉스는 굉장히 황당해했다.

얼마를 투자할지만 고민했지, 투자를 아예 거절할 줄은 몰랐다고.

그래도 알렉스는 포기하지 않았고, 언젠간 미국에 진출할 일이 있으면 찾아 달라더라.

뭐, 모르는 일이긴 하다.

미국에 진출하려면 배급사를 끼고 하는 게 편하니까.

"근데 내가 너한테 분명 말하지 않았나? 계약할 생각 없다고."

"매니저들은 그 말을 이렇게 해석하거든. 돈이 부족하다!"

"뭐, 틀린 말은 아니네. 아무튼 조심히 가."

에디와 웃으며 악수를 나눴다.

HBO와의 빅 샷이 예정되어 있어서 미국으로 돌아가야 하며, 겸사겸사 내가 전달해 준 연주자들을 찾아볼 거라며.

참고로 에디는 커밍업 넥스트에서 무슨 일이 벌어지고 있는지 전부 알고 있다.

 내 예상대로, 〈갈림길〉을 심사할 때 부정적인 피드백을 요구를 받았으니까.

 물론 어림도 없는 소리였다.

 빌보드 1위 작곡가가 그런 요구를 고분고분 따를 거라고 생각한 건가.

 덕분에 에디는 남아 있던 몇 가지 촬영 일정을 노 쇼 내고 돌아가는 거다.

 마음에 안 든다면서.

 뭐, 나는 강석우 피디의 마음도 이해한다.

 비즈니스맨이니까.

 "시온, 미국에서 꼭 보자고."

 "그래."

 그렇게 마지막 인사를 나눴다고 생각했는데, 한참 멀어졌던 에디가 다시 돌아온다.

 "왜? 뭐 놓고 갔어?"

 "너는 좀 이상해."

 "친근함이 느껴진다고?"

 "아니, 네가 초조해하는 게 이상하다고."

 "……?"

 "너 정도 재능을 가진 뮤지션은 초조해할 필요가 없어.

두려워할 필요도 없고, 계산을 할 필요도 없어."

말이 이어진다.

"그냥 질러 버려. 대중들은 언뜻 무신경한 듯하지만, 절대 그렇지 않아. 네 음악에 담긴 본질을 알아차릴 사람은 세상에 너무나 많을 거야. 나처럼."

에디의 말에 피식 웃으며 고개를 끄덕였다.

"그래."

초조해하지 않으면 2억 장을 팔 수 없는 게 내 삶이다.

기껏해야 3천만 장 정도가 끝이겠지.

하지만 이런 반박으로 우리의 마지막을 장식하진 않았다.

어이없게 만났지만, 에디와 나는 또 친구가 되어 버린 듯했으니까.

다시 하루라는 시간이 흘렀고.

커밍업 넥스트의 최종 경연인 〈자유곡 미션〉의 아침이 밝았다.

* * *

2,000명의 방청객들이 경연장으로 들어오기 시작했다.

케이블 채널의 오디션 프로그램.

그것도 사내 서바이벌 포맷의 경연 프로그램에 이 정도 방청객을 부른 건 이례적인 일이었다.

아마 프로그램 기획 단계에서 이런 이야기가 나왔다면, 정신이 나갔냐는 비난을 들었을 거다.

하지만, 지금은 가능했다.

[평균 시청률 8.4%]
[수도권 평균 시청률 8.9%]
[분당 최고 시청률 10.2%]

6회의 시청률이 무시무시했으니까.

심지어 시청률은 명백한 상승세였다.

보통의 오디션 프로그램이 후반으로 가면서 힘이 빠지는 것은 참가자들이 탈락하기 때문이다.

내가 응원하는 참가자가 탈락하면 더 이상 보고 싶지 않은 게 팬의 마음이니까.

그러나 커밍업 넥스트는 탈락자가 없기에, 시청 관성이 강했다.

물론 이렇게만 말하면 탈락이 나쁜 요소처럼 여겨질 수 있지만, 오히려 반대다.

시청층이 좀 떨어져 나갈 걸 알면서도 매 화 탈락자를 만들어야 하는 건, 긴장감 때문이다.

떨어지는 사람이 없으면 긴장감이 없고, 다음 화에 대한 시청 동기가 약하다.

쉽게 말해서 재미가 없을 수 있다는 것이다.

하지만 커밍업 넥스트는 이런 약점을 완전히 극복했다.

한시온 덕분에.

특히 〈서울 타운 펑크〉의 힘이 컸다.

커밍업 넥스트 시청자들 중에는 아이돌은 관심 없지만 한시온을 좋아하는 이들이 꽤 많았다.

특히 20-30 남성 시청자들이 이런 경향을 보이는데, 아이돌 콘텐츠를 보지 않는 이들이 커밍업 넥스트에 유입된 탓이었다.

이들은 항상 한시온의 개인 무대를 원했고, 좀 더 수준 있는 미션이 나오길 원했다.

어떤 의미에서는 커밍업 넥스트의 기획 의도를 완전히 부정하는 이들이었다.

그러니 첫 번째 팀전인 〈자체 제작 미션〉이 별로였다면, 전부 떨어져 나갈 수도 있는 시청자들이었다.

하지만 한시온은 그걸 잡아 냈다.

〈서울 타운 펑크〉는 아이돌에 관심 없는 이들조차 눈을 번쩍 뜨게 만들 무대였으니까.

덕분에 '어라? 팀전도 재밌네.'라는 반응이 형성되었

고, 시청률이 전혀 떨어지지 않았다.

7회 시청률로 10%의 고지를 노려 볼 정도로.

이런 배경 상황 속에서 마지막 경연을 준비하는 제작진은 분주했다.

"현수막이나 응원 문구는?"

"적절하게 교체하거나 회수했습니다."

"그래. 화면이나 현장에 너무 테이크씬만 응원하는 것처럼 보이면 안 돼."

"조금 이따가 다시 한번 체크해 보겠습니다."

사실 오늘 방청객들 중에는 테이크씬을 응원하는 부류의 이들이 더 많았다.

현장 투표 점수가 최종 결과에 반영될 예정이라서, 제작진이 일부러 방청객을 선별했다.

사실 제작진 내부에서는 어차피 심사위원들이 밀어 줄 텐데, 방청객까지 선별할 필요가 있냐는 말이 나왔었다.

너무 티가 나면 뒷말이 나올 수도 있다며.

하지만 강석우 피디는 그렇게 생각하지 않았다.

그동안 보아온 세달백일의 무대 때문이기도 하고, 마지막 경연의 준비 과정 때문이기도 하다.

'서늘했어.'

한시온의 세세한 디렉팅을 받으며 보름간 이를 악문 세달백일의 모습은 정말 서늘했다.

하루하루 날카롭게 벼려지는 게 보였으니까.

솔직한 심정으로는 세달백일의 팀 케미 컷들을 다 쳐내고, 한시온에게만 포커싱을 줘야 하는 게 아쉬울 지경이었다.

"정리 다 끝났습니다!"

조연출의 외침에 강석우가 상념에서 깨어났다.

감상은 나중의 일이다.

일단은 프로그램의 마무리를 지어야 한다.

게다가…….

'착한 놈들.'

세달백일 덕분에 아름다운 마무리를 지을 수 있을 것 같다.

그렇게 마지막 쇼의 막이 올랐다.

* * *

오프닝의 포문을 연 것은 어이없게도 블루-최대호-유선화-이창준의 특별 무대였다.

블루의 야욕이 섞인 무대였는데, 그동안 달린 댓글들에 스트레스를 좀 받았기 때문이었다.

-다른 사람들은 모르겠는데, 블루가 이런 거 평가할

깜냥이나 되냐?

-그니까 블루 시절이랑 비교하면 지금 돌판 수준이 말도 안 되게 높은데;

무대는 꽤 괜찮았다.

블루와 유선화는 절정의 가창력을 과시했고, 최대호와 이창준은 유머를 담당했다.

랩 파트를 서로에게 미루는 모습에 방청객들의 웃음이 터졌으니까.

그렇게 공연이 끝나고 씩 웃은 네 사람이 심사위원석에 앉아 마이크를 잡았다.

-아, 정말 쉽지 않네요. 이번 무대를 준비하며 우리 참가자들이 얼마나 힘들었을지를 새삼 느꼈습니다.

-유선화 심사위원께서는 최대호 심사위원과 이창준 심사위원에게 어떤 조언을 해 주고 싶으신가요?

블루의 질문에 유선화가 코웃음을 치며 마이크를 잡았다.

-다시 태어나셔야 합니다.

스피커를 통해 울리는 심사위원들의 목소리에 방청객들은 박수를 치며 즐거워했다.

그렇게 오프닝으로 형성한 산뜻한 분위기 뒤로 특별 무대가 예고되었다.

보통 이런 특별 무대는 앞선 탈락자들이 꾸미는 스페셜 무대다.
　하지만 커밍업 넥스트는 탈락자가 없다.
　방청객들이 고개를 갸웃할 때.
　듀엣 공연이 공개되며 환호성이 터져 나왔다.

-

구태환 - 레디
온새미로 - 주연
최재성 - 페이드
이이온 - 씨유
한시온 - 아이레벨

-

다만 물밑에서는.

　-와, 잔인하다. 잔인해. 그냥 다이렉트로 비교를 꽂아 버리네.
　-한시온 말고는 테이크씬이 다 이길 만한 거 같은데?
　-ㅋㅋㅋㅋ아이레벨 존나 불쌍해. 한시온이랑 붙어.
　-아니 근데 이걸 하고, 또 팀전을 한다고? 호흡 딸릴 거 같은데.

-선곡 보니까 안무는 최소화하고 가창 대결만 하는 듯.

-대결 아니고 듀엣입니다!

-이걸 순수하게 듀엣으로 어떻게 보냐;

방청 신청에 성공한 아이돌 문화의 거주자들이 SNS와 각종 게시판에 현황을 공유하기 시작할 때쯤.

두 명의 남자가 무대 위로 올랐다.

구태환과 레디였다.

두 사람이 부르는 노래는 〈죽겠어〉였다.

〈죽겠어〉는 예능으로 유명세를 얻은 남성 래퍼와 1군 걸그룹 웨이프롬플라워의 메인보컬이 부른 듀엣곡이었다.

남성 래퍼와 여성 보컬의 콜라보레이션 곡이 대부분 그렇듯, 벌스는 래퍼가 책임지고, 후렴은 보컬이 책임지는 형태.

한데 이 노래에는 재미있는 요소가 있었다.

바로, 가사였다.

이 곡의 화자들은 서로가 서로를 탓하고 비난한다.

물론 그 안에 담긴 감정은 '그렇게 미운데도 좋아서 죽겠어'지만, 그건 원곡이다.

구태환과 레디는 이 감정을 애증보다는 경쟁심으로 표현하기로 합의를 봤다.

그걸 위해서 가사도 수정했고, 멘토를 찾아가 허락도 받았다.

두 사람의 의견이 일치하니 멘토도 고개를 끄덕였고.

하지만 이건 한시온이 설계한 판이었다.

구태환이 레디를 이길 수 있도록.

* * *

무대에 오르는 구태환을 보며 고개를 끄덕였다.

구태환은 잘할 거다.

내가 원하는 점을 정확히 이해했으며, 그걸 실현해 낼 능력도 있으니까.

그래서 그동안의 트레이닝이 가장 수월하게 진행된 멤버는 구태환이었다.

다른 이들이 못했다는 소리는 아니다.

지난 보름 동안 세달백일 멤버들은 디렉팅을 소화하기 위해 정말 열심히 노력했다.

내가 잘 가르친 덕분도 있긴 하다.

하지만 그것만으로 이 정도 노력을 쏟긴 힘들다.

특히 이번에는 시간적 제약 때문에 자세한 설명 없이 노력을 강요한 지점들이 많았으니까.

그런 상황 속에서도 묵묵히 따라와 준 멤버들이 신기할

정도였다.

 나에게 왜 이런 신뢰를 보내 주는지 모르겠다.

 압도적인 재능을 보여 준다고 해서 늘 이런 반응을 얻을 수 있는 건 아니니까.

 그러니 보답해 주고 싶었다.

 끝까지 노력한 이들이 좋은 결과를 만들어 낼 수 있게.

 그리고 지금.

 그 결과를 확인할 수 있는 〈죽겠어〉의 무대가 시작되었다.

 짧은 전주 뒤로 구태환의 목소리가 들려온다.

알지 못했지
네 눈빛에 담긴
뜻과 의미

 착 가라앉은 낮은음의 멜로디가 귀를 확 사로잡는다.

 충돌 직전의 폭풍전야를 표현하는 것도 같고, 간신히 분노를 가라앉히고 실낱같은 이성으로 말하는 것 같기도 하다.

 확실히 구태환은 물이 올랐다.

 구태환의 트레이닝이 수월하게 진행된 것은 연습해야 할 양이 적어서가 아니다.

틀린 방향으로 나아가는 시행착오를 겪지 않았기 때문이다.

가수의 재능을 평가하는 분야는 많다.

타고난 음색, 풍부한 성량, 넓은 음역대…….

하지만 회귀를 거듭하며 트레이닝 방법론을 깨우친 내 입장에서는, 가장 중요한 재능이 따로 있다.

바로, 방향성이다.

연습량에 정비례해서 실력이 느는 이들.

이런 이들은 1을 배우면 1만큼 실력이 늘고, 2를 배우면 2만큼 실력이 는다.

얼핏 보기에는 성장이 느려 보일 수도 있다.

소위 말하는 천재들은 1을 배우면 10만큼 실력이 늘곤 하니까.

하지만 그건 단기적인 이야기다.

1년을 노력하고, 5년을 노력하고, 10년을 노력하면 어떻게 될까?

곧은 방향성으로 우상향하는 이들이 결국은 제일 위에 서게 된다.

구태환에겐 이런 재능이 있다.

게다가 리듬감에 대한 재능도 있고.

그때 네 입술이

말하려던 단어
역겨워

　정장을 쫙 빼입은 구태환의 서늘한 목소리가 느릿느릿 흘러나온다.

　원곡보다 미묘하게 느리고 더딘 리듬이 세련된 느낌을 만들어 낸다.

　모두가 그런 건 아니지만, 방청객 일부에서 '역겨워'란 가사의 떼창이 흘러나오기도 했다.

　〈죽겠어〉는 인기가 많은 곡이다.

　2015년 연간 차트 9위를 기록한 전형적인 래퍼 + 보컬 형식의 노래.

　사실 이런 곡은 발에 채일 정도로 많다.

　랩 좀 한다는 래퍼에게 여성 보컬을 붙이는 건 80년대 미국 힙합 씬에서도 흔히 볼 수 있는 일이었으니까.

　그럼에도 불구하고 〈죽겠어〉가 연간 차트 9위나 기록할 수 있었던 건, 두 가지 이유가 있다.

　일단 첫 번째로 랩 디자인이 상당히 좋다.

　이건 언더그라운드에서 실력을 인정받은 래퍼 '브리드'의 첫 번째 히트곡이다.

　두 번째는 컨셉이 좋다.

　〈죽겠어〉는 보컬과 래퍼가 싸우는 곡이다.

사랑보다 증오에 가까운 감정이지만, 분명 사랑이라는 카테고리 안에서 싸운다.

최재성은 이런 걸 혐관이라고 부른다던데, 그런 것까진 모르겠지만 적어도 뻔하진 않다.

가사를 듣고 있으면 두 화자의 이야기에 빨려 들어가는 느낌이 있으니까.

여기서 듀엣 무대의 함정이 있다.

감정을 터트리는 역할이 전부 래퍼에게 몰려 있다.

보컬은 발산된 감정을 다시 갈무리해서 다음 벌스로 넘기는 역할에 가깝다.

아무리 후렴구가 듣기 좋더라도, 이곡의 주인공이 레디일 수밖에 없는 이유가 여기에 있다.

대중들은 생각보다 더 콘텐츠의 기승전결에 예민하니까.

그때, 구태환의 인트로를 넘겨받은 레디가 화려한 악센트로 랩을 시작했다.

난 아직 기억해
네 눈빛과 태도
날 벌레처럼 취급했던
오만함의 궤도

나쁘지 않은 랩이다.

과거에는 아이돌 래퍼라고 하면 노래를 못하는 이들에게 맡기는 포지션이었다.

하지만 지금은 아니다.

쇼미의 전폭적인 흥행으로 래퍼들이 차트를 점령하기 시작하며, 대중들도 잘하는 랩과 못하는 랩을 구분하기 시작했다.

즉, 아이돌 래퍼들도 랩을 잘해야 하는 시대가 온 것이다.

그리고 레디는 객관적으로 잘하는 래퍼였다.

구태환을 노려보며 랩으로 쏟아내는 분노가 꽤 그럴 듯했으니까.

되갚아 줄게
넌 이제 내 속에 없지
네가 아파하면
그걸 보고 크게 웃지

하지만…….

구태환은 그 분노에 반응하지 않았다.

정해진 동선과 안무에 따라 움직이며 화음을 넣지만, 레디의 분노에 전혀 반응하지 않는다.

차라리 혼자 춤을 추고 노래를 부르는 느낌이다.

표정 연기와 분위기 연기가 좀 필요한 일인데, 구태환

이 잘 수행했다.

이게 내가 구태환에게 요구한 첫 번째였다.

두 사람이 싸울 때, 한 사람이 아무런 반응도 하지 않는다면 어떻게 될까?

울고불고 소리치는 사람이 오히려 바보처럼 보이기 마련이다.

손바닥도 마주쳐야 소리가 나는 법인데, 한쪽만 텐션을 끌어올리면 이상해 보이니까.

물론 이건 무대를 망치는 지름길이긴 하다.

벌스와 후렴이 따로 놀게 되니까.

하지만 설마 내가 구태환에게 '레디에게 주인공 자리를 주기 싫으니까 무대를 망치고 오자.'라는 디렉팅을 했겠는가.

이제 두 번째 장치가 들어갈 시간이었다.

벌스가 끝나고, 구태환의 후렴이 시작되면서.

우린 아직, 갈등해-
널 싫어하고 증오해
침을 뱉고 뒤돌아
욕을 담을래-

낮은 옥타브의 후렴.

원곡이 여성 보컬의 후렴이었다는 걸 생각해 보면 어색할 정도로 낮다.

이게 내 두 번째 플랜이었다.

구태환은 여성 보컬 곡을 소화하기 위해 옥타브 조절을 해야 했는데, 여기서 상당히 낮은 음역대를 요구했다.

그리고는 연습 때 적당히 화가 난 것처럼 부르라고 요구했다.

"적당히 화가 난 것처럼?"
"최재성이 닭가슴살 소스를 바닥에 흘렸을 때처럼."
"……굉장히 화가 났었는데."

덕분에 레디가 연습 중에 '이건 너무 심심하지 않아요?'라고 멘토에게 말할 정도의 후렴이 나왔다.

물론 멘토였던 최대호는 구태환이 소화할 수 있는 음역대로 부르는 거라며 넘어갔다.

테이크씬이 주인공이 되어야 하는 무대니까 속으로 좋아했겠지.

하지만 저 후렴에서 분노의 느낌이 완전히 사라지면 어떻게 될까?

아주 냉철한 상태라면?

우린 아직, 갈등해-
널 싫어하고 증오해
침을 뱉고 뒤돌아
욕을 담을래-

무미건조하다.
레디의 분노에 대한 대답이 아니라, 다른 감정선이다.
그렇다고 무성의한 느낌은 아니다.
구태환과 나는 〈죽겠어〉의 후렴이 낮은 옥타브에서 가장 매력적으로 들리는 방법을 연구했다.
전체적인 박자를 미묘하게 밀어서 레이백을 형성했으며, 구태환의 특별한 리듬감을 가장 잘 살 수 있는 타이밍을 찾아내려 노력했다.
그리고, 우린 성공했다.

-우와아아아아!

더 이상 이 곡은 보컬이 랩을 주인공으로 만들어 주지 않는다.
그냥 더 좋은 소리를 내는 쪽이 주인공인 거다.
그리고 레디는 구태환보다 더 좋은 소리를 내지 못한다.
'오…….'

게다가 좋은 소식이 또 하나 있다면, 레디가 제법 감이 좋다는 것이었다.

 레디는 두 번째 벌스가 시작될 때 어정쩡한 스탠스를 취해 버렸다.

 본능적으로 알아챈 것이다.

 여기서 분노한 벌스를 퍼부으면 혼자 난리를 피우는 어색한 모습으로 보일 수밖에 없다는걸.

 하지만 해결 방법을 떠올리지 못할 바에는 차라리 그렇게 했어야 했다.

 이제는 이도 저도 아니게 되었다.

 원래는 구태환의 판정승이었을 무대가, KO승으로 바뀌는 순간이었다.

 "오……!"

 "와!"

 세달백일 멤버들도 똑같은 감상을 느꼈는지 다들 감탄사를 흘린다.

 그 모습을 보며 피식 웃어 버렸다.

 솔직히 좀 어이없다.

 내가 이런 하찮은 목표를 위해서 머리를 굴리고 몰입하게 될 줄은 몰랐으니까.

 그동안 내가 고민하던 일들은 스케일이 큰 것들이었다.

 어떻게 하면 그래미의 여론을 움직여 수상 확률을 높일

수 있을까.

어떻게 하면 아시아인에 대한 편견을 역이용해 전통적인 백인들의 지지를 받을 수 있을까.

이런 것들을 고민해 왔으니까.

그에 비하자면 듀엣 무대에서 누가 주인공이 되는지는 너무 하찮은 일이다.

점수도 매기지 않는 특별 축하 공연 따위.

그래도…….

-와아아아아아!

기쁨까지 하찮은 건 아니었다.

구태환을 향해 쏟아지는 박수 소리를 듣고 있으니, 썩 기분이 괜찮았다.

앞으로 남은 하찮은 무대들도 나에게 큰 기쁨을 줬으면 좋겠고.

* * *

구태환, 최재성, 그리고 나.

우리 세 사람은 성공적으로 듀엣 무대를 끝냈다.

나는 논외로 치고, 구태환과 최재성은 테이크씬을 주인공으로 만들겠다는 계획을 깨부쉈다.

테이크씬 애들이 불쌍하지 않냐고?

별로.

어차피 저들도 다 상황을 자각하고 있다.

알면서도 가만히 있었던 거고, 그게 나쁜 것도 아니다.

어차피 쇼 비즈니스인데, 당연한 일이지.

하지만 적어도 반대의 상황이 벌어질 때 입을 다물 수 있는 게 매너다.

이제 남은 건 이이온과 온새미로뿐이다.

솔직히 이이온에게는 특별한 해결책이 보이지 않았다.

그냥 더 잘나게 태어난 게 문제였으니까.

타고난 이이온보다 노력하는 씨유에게 감정 이입이 쉽다는 건 감성의 문제다.

해결책을 제시한 것은 의외로 이이온이었다.

"사람들이 나보다 씨유를 응원하는 건, 실력에 대한 평가 이전에 감정이 개입해서 그런 거잖아."

"그러니 내가 씨유를 압도하면 되지 않을까?"

틀린 말은 아니다.

적당히 잘하면 질투하지만, 압도적으로 잘하면 동경하게 되니까.

"가능하겠어요?"

"내가 요즘 깨달은 게 뭔지 알아?"

"뭔데요?"

"그동안 노래를 너무 대충 불렀다는 거야."

그렇게 말한 이이온은 보기 좋게 씩 웃었었다.

무슨 심정인지 안다.

정확한 음을 내는 훈련에 몰두하며, 정확함이 주는 힘을 깨달은 거다.

정확한 발음.

정확한 음.

이건 생각보다 거대한 힘을 가진다.

하지만 체감해 보기 전에는 잘 모른다.

정공법을 택한 이이온의 노래가 시작되었다.

재미있게도 이이온과 씨유가 부르는 노래는 위드의 〈새벽의 끝을 두고〉였다.

가창력을 티 내기 어렵고, 티 내서도 안 되는 노래.

담담하면서도 씁쓸하게 불러야 하는 곡.

그래서 선택된 것이었다.

실력 차이를 느낄 수 없다면, 방청객들은 씨유를 응원할 테니까.

새벽 속에 들어와 앉아

빛나는 불빛, 우리 단둘이
꺼진 네온사인- 아래로
부서진 조명, 문 닫힌 거리

이이온과 씨유가 노래를 주고받으며 전진한다.

덤덤한 목소리로 도시의 지나가 버린 불빛에 대해 이야기한다.

난 가만히 노래를 듣다가 웃었다.

아직은 큰 티가 나지 않지만, 이이온의 도시가 더 선명하다.

이이온이 전달하는 도시의 모습이 더 아름답고, 찬란하며, 그립다.

이러한 차이는 노래가 진행되면서 점점 벌어질 것이었다.

아니나 다를까, 최대호 대표의 얼굴에 점점 씁쓸함이 어리기 시작했다.

본인이 선택하고 가르친 가수들이 줄줄이 패배하는 게 안타까운 모양이었다.

아마 최대호는 일련의 상황에 내가 개입했다는 걸 눈치챘을 거다.

그래도 뭐, 이 정도는 참을 줄 알아야지.

세달백일도 쇼 비즈니스의 논리 때문에 폄하를 당하면

서 버티고 있잖아.

내가 테이크씬으로 간다는 결론은 달라지지 않을 거니까, 잠깐의 화풀이 정도는 참아 줬으면 좋겠다.

그렇게 이이온의 순서가 끝나고, 주연과 온새미로가 듀엣 무대를 꾸몄다.

음, 역시 주연은 잘하네.

오늘 유일한 무승부인 것 같다.

그래도…….

내일로-!
다시금--!
너와 내가---!

내 눈에는 온새미로가 조금 더 나은 것 같다.

그렇게 세달백일과 테이크씬의 합동 특별 공연이 끝이 났다.

이제 남은 것은 진짜 경연 무대뿐이었다.

* * *

커밍업 넥스트의 마지막 경연, 〈자유 곡 미션〉.

선공은 세달백일이고, 후공 테이크씬으로 결정되었다.

당연한 비즈니스 논리다.

관객 투표에서 선공이 불리한 건 당연하고, 대미를 테이크씬이 장식했다는 상징을 놓치고 싶지 않을 거니까.

그래도 상관없다.

난 비즈니스 논리를 배척하는 사람이 아니고, 적극적으로 이용하는 사람이다.

하지만 이번만큼은 순수한 무대로 승부할 거다.

"다들 컨디션은 어때요? 최재성, 어때?"

"좋아요. 너무 좋아요. 오히려 듀엣 무대 덕분에 긴장이 풀린 느낌이에요."

"그래?"

"네. 형이 알려 줬던 것들이 처음엔 좀 헷갈렸는데, 중반부터 너무 잘돼서 놀랐어요."

"처음에 좀 헷갈렸다고?"

최재성이 고개를 끄덕였지만, 아니다.

"처음부터 존나 잘했어."

비속어에 깜짝 놀란 이이온이 카메라를 쳐다보다가 포기한 듯 한숨을 내쉰다.

오늘은 유치원 휴일인가 보네.

아무튼 최재성의 말이 맞다.

이이온, 온새미로, 구태환, 최재성.

모두 듀엣 무대에서 성과를 거두고 돌아와서 자신감이

충만해졌다.

본인들이 뭘 할 수 있는지를 체감했으니까.

이제 남은 것은 딱 하나다.

마음가짐.

"다들 무대를 준비하면서 어땠어요?"

내 질문에 가장 먼저 대답한 사람은 이이온이었다.

"끔찍했어."

"왜요?"

"너무 어려워서."

그럴 만하다.

이이온은 단 2마디뿐인 파트를 소화하기 위해서 미친 듯이 노력했다.

어느 정도였냐면, 몸이 완벽하게 기억하고 있는지를 확인해 보고 싶다며 1시간 간격으로 자다 일어나서 노래를 불러 볼 정도였다.

그럼에도 불구하고 이이온은 완벽한 성공을 거두지 못했다.

하지만 실패하지도 않았다.

불완전하다는 말이다.

첫마디의 첫 음을 완벽히 잡아내면 성공하고, 못 잡으면 실패한다.

문제는, 이제 사실의 영역이 아니라 멘탈의 영역이라는

것이었다.

　내가 정밀하게 녹음을 해서 들어 봤는데, 본인이 성공했다고 생각하는 첫마디의 첫 음과 실패했다고 생각하는 첫마디의 첫 음이 차이가 없다.

　똑같은 소리를 내지만, 어떤 때는 성공했다고 느끼고 어떨 때는 실패했다고 느끼는 것.

　이런 문제는 나도 해결해 줄 수 없다.

　인간은 기계가 아니니까.

　실전에서 성공하길 바라는 수밖에 없었다.

　"복잡했어. 할 게 너무 많아서."

　이번엔 온새미로가 연습 때를 떠올리며 핼쑥해진 얼굴로 대답했다.

　이것도 그럴 만하다.

　온새미로는 좋은 소리와 뛰어난 가창력을 가지고 있지만, 소리와 가창력을 연결시키지 못한다.

　가장 좋은 소리를 낼 때는 가창력을 폭발시키지 못하고, 가창력을 폭발시킬 때는 가장 좋은 소리를 내지 못한다는 것이었다.

　난 그걸 교정하기 위해 온새미로를 쥐 잡듯이 잡……은 건 아니지만, 혹독하게 가르쳤다.

　이어서 최재성은 서러웠다고 대답했고, 구태환은 답답했다고 대답했다.

"그러니까, 모두 힘들었다는 거죠?"

"그치."

고개를 끄덕이는 멤버들을 보며 말을 골랐다.

내가 제일 싫어하는 말이 있다.

노력하는 자는 즐기는 자를 이기지 못한다.

이건 잘못된 말이다.

애초에 노력이 없으면 즐길 수 없다.

무대 아래에서 탱자탱자 놀다가 무대 위에서 즐기고 오는 건 무책임한 거다.

설령 실패를 하더라도, 노력한 사람만 즐길 자격이 있다.

그러니 우리는 자격이 있다.

"무대 위에서 실수할 수 있어요. 이온 형이 첫 음을 잃어버릴 수도 있고, 온새미로의 나쁜 습관이 다시 나올 수도 있지."

"근데 그거 알아요?"

"여러분이 아무리 큰 실수를 해 봤자, 보름 전의 최선보다 나을 거예요."

"보름 전의 온새미로가 꽥꽥 부르는 노래보다, 오늘의 온새미로가 망친 무대가 더 듣기 좋을 거라고요."

"그러니까, 한번 즐겨 봅시다."

절대 실수를 하지 않겠다는 강박이 아니라, 실수를 해도 상관없다는 마음가짐으로 무대에 오르면 좋겠다.

누군가 실수를 하더라도 관대한 마음으로 받아들이고, 즐기면 좋겠다.

진짜 마지막이니까.

"오, 시온 형의 사회화 훈련이 끝났나 봐요."

"그러게. 감동적이야."

"멘트 자체는 좀 뻔했던 것 같지만, 시온이가 하니까 와닿는 것 같습니다."

최재성, 이이온, 구태환이 싱글벙글 웃으며 말했고.

"꽥꽥……."

온새미로만 약간 침울한 표정을 지었다.

하지만 아무도 신경 쓰지 않는 게 웃음 포인트다.

그동안 세달백일 멤버들은 온새미로가 예민하고 날카로운 사람이라고 생각했지만, 그게 아니었다.

그건 열등감과 질투심 때문에 생긴 일시적인 모습이고, 본모습은 좀 찌질하다.

찐따스럽다고 해야 하나?

그걸 안 뒤부터 최재성은 혹시 '찐'이라고 놀려도 되냐고 물어봤고, 이이온은 잘생기면 찐따미가 되는 거니 괜찮다고 했다.

구태환은 별말이 없더라.

근데 아마 속으로 뭔가 생각했을 거다.

입 밖으로 뱉는 말은 적지만, 속으로는 쓸데없는 생각

을 엄청나게 하는 놈이니까.

 이처럼 우리는 서로에게 익숙해졌고, 편안해졌다.

 나도 이제는 시원하게 인정하고 있다.

 우연히 불시착한 이 프로그램에서 좋은 팀원들을 만나서 즐거웠다고.

 그때였다.

―와아아아아아아!

관객들이 소리를 지른다.

 VCR이 끝난 건가?

 그러기에는 스태프 콜이 안 나왔는데.

 "내가 클로즈업 됐나?"

 이이온의 헛소리를 들은 멤버들이 헛웃음 소리를 내는 순간, 스태프가 허둥지둥 달려와서 스탠바이 콜을 한다.

 "세달백일! 3분 전이에요!"

 인이어를 장착하고, 약속된 대형으로 섰다.

 잠시 뒤, 마지막 경연이 시작되었다.

* * *

무대가 암전되는 순간, 방청객들의 소음이 한순간에 가

라앉았다.

세달백일의 마지막 무대에 대한 존중일 수도 있고, 어둠이 주는 힘일 수도 있다.

그 고요함 속에서 몇몇 방청객들은 VCR을 통해 알게 된 무대에 대해 떠올렸다.

자세한 컨셉은 나오지 않았지만, 곡은 정확히 공개되었다.

세달백일의 〈세달백일〉.

마지막 무대다운 타이틀 같기도 하고, 유치한 감성의 타이틀 같기도 하다.

하지만 확실한 건 자작곡이라는 것이다.

'자작곡은 좀 별론데.'

'서울 타운 펑크 같은 거 한 번 더 하면 쩔었을 거 같은데.'

그래서 이런 생각을 하는 이들도 있었다.

대중들은 서바이벌 프로그램에서 등장하는 자작곡에 대한 애매한 거부감이 있다.

대부분의 참가자들이 만든 곡은 수준이 떨어지거나, 난해한 경우가 많으니까.

하지만 무엇보다 큰 이유는 낯섦이다.

낯선 멜로디와 낯선 가사가 흘러나오면 그걸 평가하는 데 심력을 소모해야 하니까.

그러나 반대로 말하자면, 이런 애매한 감상을 시원하게 깨부수는 자작곡은 늘 큰 박수를 받아 왔다.

한시온을 응원하는 사람들은 〈세달백일〉이라는 곡이 애매함을 부숴 주길 바랐다.

한시온을 싫어하는 사람들은 반대였고.

물론 한시온이 들었다면 웃어 버렸을 일이었다.

수십 번의 회귀를 거듭한 그가 애매한 곡을 쓸 리가 없으니까.

그 순간이었다.

저벅, 저벅, 저벅.

완전히 암전된 무대 위에서 구둣발 소리가 들리기 시작했다.

처음엔 작게 들려오던 소리가 점점 커지더니…….

따안-

마림바(유율 타악기의 일종)의 그것처럼 들리는 맑고 청아한 소리와 함께 원형의 빛이 생겨났다.

빛 안에는 회사의 CEO들이나 입을 법한 깔끔한 정장 차림의 이이온이 서 있었다.

옷차림 때문인지 아이돌이라기보다는 비즈니스맨의 느낌이었다.

물론 비즈니스맨이 저렇게 생겼을 리는 없지만.

'이이온?'

이이온의 등장에 세달백일의 팬들 중에 몇몇이 고개를 갸웃했다.

방송에도 몇 번 나왔지만 세달백일의 프로듀서인 한시온은 구태환의 도입부를 굉장히 좋아했다.

구태환도 한시온의 기대를 배신한 적이 없었고.

그러니 이번에도 구태환이 도입부를 맡을 줄 알았는데, 이이온이 등장한 것이었다.

그사이, 원형의 빛 안에 서 있던 이이온이 자신의 양복 주머니를 뒤적거렸다.

하지만 손에 잡히는 게 아무것도 없다.

빛 밖으로 나가려는 듯 걸음도 옮겨 봤지만, 너무나 캄캄한 어둠 때문에 돌아온다.

약간 체념한 것 같은 표정으로 주변을 둘러보던 이이온이 갑자기 노래를 시작했다.

무반주였다.

Oooh~
시간이 흘러 돌아보면
That moment,
Seem to fly by too quickly

열심히 부르는 느낌은 아니었다.

차라리 혼자 흥얼거리는 느낌에 가까웠다.

그럼에도 불구하고 들어 줄 만한 멜로디였고, 꽤 괜찮은 느낌이었다.

본인도 그렇게 생각했는지, 이이온이 한 번 더 똑같은 노래를 부른다.

Oooh~
시간이 흘러 돌아보면
That moment,
Seem to fly…….

하지만 뭔가 아쉬운 표정을 지으며 노래를 끝맺진 않았다.
이 느낌이 아니라는 듯.
그 순간이었다.
따안-
다시 한번 청량한 마림바 소리가 온 세상을 울렸다.
당황한 이이온이 주변을 둘러보는 순간.
따안- 따안- 따안.
소리가 연속적으로 들려온다.
동시에 빛으로 만든 4개의 원이 태어났다.
그 빛 안에는…….

-와아아아아악!

-꺄아아아악!

세달백일 멤버들이 서 있었다.

무대는 여전히 어둡지만, 다섯 개의 빛 덕분에 조금은 환해진 느낌.

'시간 여행인가?!'

세달백일의 설정에 흥미를 갖고 있는 팬들은 그런 생각을 하며 무대 위를 훑었다.

세달백일의 설정을 파악하기 위해서는 옷을 봐야 하니까.

한데, 차림새가 모두 달랐다.

이이온과 온새미로는 정장을 입고 있었지만, 디자인이나 핏이 주는 느낌이 꽤 다르다.

이이온이 CEO 느낌이라면, 온새미로는 평사원의 느낌이었다.

그에 반해 최재성은 댄디한 느낌의 일상복을 입고 있었는데, 흔히 말하는 남친 룩이고.

구태환은 꾸미지 않은 듯한 옷차림에 앞치마를 두르고 있었다.

마지막으로 한시온은 청진기를 목에 건 의사 가운 차림이었다.

그때쯤, 사람들이 복장의 의미를 눈치 챘다.

세달백일의 무대 직전 송출된 VCR에는 이런 내용이 있었으니까.

[이온 형은 음악을 안 했으면 10년쯤 뒤에 뭘 하고 있을 거 같아요?]

[나? 나는 CEO.]

[CEO?]

[응. 의류 쇼핑몰 운영하고 싶어서. 재성이 너는?]

[저는 그냥 평범한 취준생일 거 같은데요. 십 년 뒤면 스물아홉인데……. 제 머리로는 서른도 간당간당해요.]

[저도 그냥 직장인. 이제 막 취업한.]

[저는 부모님의 식당을 도와주고 있을 것 같습니다.]

[시온이 너는?]

[음악을 안 했으면……. 의사였지 않을까요?]

[와, 자기 혼자 멋있는 거 하네.]

[내가? 이온 형이 더 거창하지 않아?]

[아니죠. 이온 형은 CEO라고만 했잖아요. 막상 회사는 적자를 면하지 못했을 거예요.]

[……재성아.]

10년 후 모습.

Album 7. 선택지 〈115〉

세달백일은 무대 위의 딱 그 복장으로 서 있었다.

통일성 없는 의상이지만, 색감의 조화를 잘 잡아 놨기 때문인지 생각보다 난잡한 느낌은 없다.

'10년 뒤 미래로 시간여행을 간 건가? 그럼 빙의야?'

'아, 그래서 이이온이 처음에 그런 연기를…….'

사람들의 생각은 이어지지 못했다.

앞치마를 두른 구태환이 이이온을 향해 씩 웃더니 검지를 좌우로 흔들었기 때문이다.

그렇게 하는 게 아니라는 듯.

그리곤, 노래를 시작했다.

Oooh~
시간이 흘러, 돌아보면,
That moment,
Seem to fly by too quickly

마림바 사운드가 청량하게 퍼지며 트로피컬 하우스 특유의 사운드가 쏟아졌다.

-아름다운 해변을 연상시키는 악기 소리와 야자수를 흔드는 미풍 같은 멜로디.

트로피컬 하우스를 묘사할 때 흔히 쓰는 문장.

세달백일의 〈세달백일〉도 트로피컬 하우스였다.

하지만 방청객들은 이국적인 해변의 평화로운 풍경을 떠올리지 못했다.

대신, 다른 모습이 떠오른다.

한쪽에 널브러져 있는 최재성과 멍하니 멤버들을 관찰하고 있는 구태환.

맥북으로 뭔가를 찍어 내고 있는 한시온과 그 옆에서 노래를 부르는 온새미로.

마실 걸 들고 오는 이이온까지.

정말 신기하게도, VCR에서 보여 줬던 세달백일의 모습이 떠오르는 것이었다.

구태환의 노래가 이어질수록, 그를 둘러싼 빛이 점점 커지기 시작했다.

구태환의 빛이 마침내 옆에 서 있던 최재성의 빛과 닿았다.

물방울 두 개가 부딪치는 것 같은 효과와 함께 두 개의 빛이 하나로 합쳐진다.

무대 위가 조금 더 밝아지고, 마림바 사운드가 더 선명해지는 순간.

최재성이 노래를 시작했다.

달콤한 맛이
코끝에 맴돌아

 최재성은 트로피컬 하우스를 가장 좋아하는 이유를 정확히 보여 주었다.

 한시온이 만들어 놓은 백사장 위를 맨발로 거침없이 달려 나가는 느낌.

 구태환이 형성한 도입부의 바이브를 그대로 받아서 전달한다.

 사실 한시온은 늘 최재성의 재능에 아쉬움을 느꼈다.

 하지만 그건 그가 2억 장을 팔아야 하는 회귀자이기 때문일 뿐이다.

 팀에는 최재성 같은 이들도 필요하다.

 공격수 11명으로 구성된 축구팀은 없듯이, 모두가 주인공인 팀은 존재하지 않는다.

 반드시 균형을 잡아 주는 존재가 필요하다.

 그게 세달백일에서는 최재성이었다.

 물론 최재성이 이런 역할에 불만을 느낄 가능성도 존재했다.

 조금 더 화려한 자리를 탐낼 수도 있다.

 하지만 적어도 지금 무대에서는 아니었다.

 한시온, 그리고 온새미로.

자신의 뒤에 나올 형들이 얼마나 뛰어난 사람들인지를 믿고 있기 때문이었다.

네가 말한 것 같이
This moment, not forever

무대의 빛이 한층 밝아진다.
가벼운 움직임만 가져가던 세달백일이 본격적인 움직임을 밟자, 환호성이 터졌다.
셔플을 베이스로 하는 군무지만, 과한 느낌은 아니다.
살랑거리며 장난을 치는 느낌에 가깝다.
그러면서도 각과 타이밍이 딱딱 떨어지는 게 보는 재미를 만들어 냈고.

이 시간의 끝에
인사를 보내
두 손 한가득
안부를 전해

그 뒤를 한시온과 온새미로가 번갈아 가며 노래를 전개한다.
겹겹이 쌓이는 두 사람의 보컬이 듣기 좋은 합성음을

이루며 분위기를 고조시키고, 그에 맞춰 디스토션이 걸린 일렉 기타가 섞여 들어온다.

보통의 디스토션이 클린하지 않은 느낌을 낸다면, 〈세 달백일〉에서는 엉망진창의 느낌에 가까웠다.

10년 뒤의 삶을 살아가던 어른들이 다시 엉망진창의 소년으로 돌아간 느낌.

온새미로가 옥타브를 단번에 올린 고음을 쏘아 낸다.

안녕-!
소리가 글자로
적혔던 이야기

그걸 최재성이 받고.

안녕-!
웃음이 남아
찍혔던 사진이

구태환이 도입부와 똑같은 멜로디로 치고 들어온다.

Oooh~
시간이 흘러, 돌아보면

그들이 10년 뒤에 〈세달백일〉이라는 팀을 회상하면 어떤 기분이 들까.

기쁠까, 아쉬울까, 그리울까.

아무도 알 수 없었다.

하지만 적어도 한 가지는 확실히 말할 수 있었다.

나쁘지 않았다고.

꽤 좋았다고.

이런 감정이 너무 촌스럽지 않게, 그러면서도 지나치게 세련되지 않게 흘러나오고 있었다.

그러나 현장에 있는 이들 중 일부는 공연을 즐기는 와중에도 의아함을 가졌다.

'이이온이 없잖아?'

이이온의 파트가 없다.

라이브 효과음을 만들어 내는 것을 제외하면 노래를 부르는 구간이 없었다.

물론 노래의 시작을 이이온의 무반주로 알렸지만, 그건 노래보다는 연기에 가까웠다.

앞으로 나올 후렴이 한시온의 파트라고 치면 이이온은 어떻게 된 거지?

그 순간, 이이온이 마이크를 잡았다.

* * *

 당연한 이야기지만, 이이온은 본인이 잘생겼다는 걸 알고 있었다.
 보수적인 교육자 집안의 장남이었고, 남중-남고를 나왔지만……
 이이온의 외모에는 파괴력이 있었으니까.
 이렇게 낳아 주신 부모님에게 감사하는 마음도 있었고.
 하지만 소속사에 들어가자, 그게 싫어지는 순간들이 찾아왔다.

 "너, 얼굴만 믿고 대충 하는 거니?"

 억울했다.
 배운 적이 없으니까 당연히 못하는 것일 뿐인데, 왜 대충 하는 게 되는 걸까?
 그래서 이를 악물고 노력했다.
 그렇게 노력을 하니 압도적이진 못하더라도, 꽤 괜찮은 실력을 갖게 되었다.
 하지만 변하는 건 없었다.

"세상에. 너 노래도 잘하네?"

 자신을 평가하는 기준점은 늘 외모였다.
 당황스러운 건, 이런 이야기를 누구에게도 할 수 없다는 것이었다.
 친한 이들은 '그럼 나랑 바꾸든지'라고 할 것이고, 친하지 않은 이들에게는 재수 없는 소리일 거다.
 그래서 커밍업 넥스트에 출연했을 때, 좀 당황스러웠다.
 아무도 자신에게 기대를 걸지 않았으니까.

"커밍업 넥스트. 직역하자면 '다음 순서는' 정도 되겠죠?"
"현재까지 가장 기대되는 다음 순서는 한시온 씨일 것 같습니다. 잘 들었습니다."

 한시온.
 음악의 신이 실수로 만든 것 같은 사람.
 노래 실력만 봐도 스무 살이라고는 믿기지 않는데, 노래만 할 줄 아는 게 아니다.
 춤이면 춤, 랩이면 랩, 작곡이면 작곡.
 모든 게 가능했다.
 그런 한시온은 내심 자신의 노래 실력을 탐탁지 않아

하는 것 같았다.

태도로는 티가 나지 않았지만, 정황상 그랬다.

이유는 나중에 알게 되었다.

"형의 음색은 주인공이 되어야만 하는 음색이에요."

"다른 사람들이랑 안 어울리거든요."

한시온은 멤버들의 외적인 부분에 관심이 없었다.

시간이 흐르며 조금씩 바뀌었지만, 처음에는 심할 정도로 관심이 없었다.

그러니 자신을 평가할 때도 플러스를 붙여 주는 일이 없고, 오히려 마이너스를 감안해야 할 대상으로 보고 있었다.

정말 낯설었다.

그러니까…….

'내가 짐덩이인가?'

이런 생각이 들 수밖에 없었다.

다른 멤버들이 성장하면 할수록 더더욱.

하지만 그렇다고 이이온이 절망한 것은 아니었다.

이상하게 들릴지 모르겠지만, 오히려 자유로움을 느꼈다.

지금까지도 오롯이 나로써 평가를 받고 싶었으니까.

그 평가가 박하다고 해서 투덜거릴 이유는 없다.

하지만 박하게 두고 싶지도 않다.

그래서 한시온에게 부탁했다.

"그럼 딱 두 마디라면?"
"……가능성은 높아지겠죠. 하지만, 형. 그러면 형은 마지막 무대에서 단독 파트가 10초도 안 되는 거예요."
"그래도 하고 싶어."

확인해 볼 시간이었다.
세달백일의 마지막을 장식할 무대에 이이온이 짐으로 기억될지.
아니면…….
같이 더 음악을 했으면 좋았을 사람으로 기억될지.

* * *

프리훅(Pre-Hook).
브릿지(Bridge).
프리코러스(Pre-Chorus).
작곡가의 입맛에 맞게 혼용되어 사용하는 단어지만, 의미는 동일하다.
벌스와 후렴 사이 구간.
보통은 벌스와 후렴의 사운드나 감정선의 갭이 심할 때

삽입하는 부분이었다.

 하지만 이번에 내가 이이온에게 맡긴 부분은 그보다 훨씬 고차원적인 프리훅이다.

 이 프리훅이 없으면, 후렴이 성사될 수 없으니까.

 최재성의 파트 뒤로, 구태환이 도입부와 똑같은 멜로디를 집어넣는다.

Oooh~
시간이 흘러, 돌아보면,

 이건 암시다.

 10년 전의 과거에 몰입해 있었던 세달백일 멤버들이 다시 10년 후의 시점으로 돌아왔음을 의미한다.

 그러면 10년 후의 우리가 가장 그리워할 건 무엇일까?

 만남? 우정? 사건?

 전부 아니다.

 답은 무대다.

 〈서울 타운 펑크〉, 〈갈림길〉, 〈세달백일〉.

 정말 10년 뒤로 간다면 우린 그걸 회상할 거다.

 세달백일 완전체로 선보였던 세 번의 무대 말이다.

 그러니 이이온이 해야 하는 2마디의 역할은 간단했다.

 기타를 쳐야 한다.

이를 테면 이런 거다.

난 기타로 〈캐논 변주곡〉 위에 〈애국가〉 멜로디를 얹을 수 있다.

물론 두 곡은 너무 다르기 때문에 그대로 치면 안 된다.

화음이 맞도록 멜로디를 손보는 과정이 필요하다.

하지만 누가 들어도 〈캐논 변주곡〉 위에 〈애국가〉가 올라갔음을 알게 만들 수 있다.

이이온이 해야 하는 일도 똑같다.

지금 흘러나오는 트로피컬 하우스 〈세달백일〉 위에 〈서울 타운 펑크〉와 〈갈림길〉을 연주해야 한다.

단, 기타가 아닌, 목소리로.

아주 어려운 일이지만, 딱 두 마디다.

이이온이 실패한다면 프리훅뿐만 아니라 이어질 후렴까지 망해 버릴 거다.

하지만 성공한다면 굉장한 일이 벌어질 거다.

난 이이온을 믿지 않는다.

회귀자는 사람을 쉽게 믿지 않으니까.

하지만 그가 해 온 충실한 노력은 믿는다.

노력의 시간을 믿지 않으면 회귀자가 대체 뭘 믿는단 말인가.

두 마디.

가사로는 두 줄.
시간으로는 8.9초.
모든 게 달려 있는 찰나다.
마침내 마이크를 잡은 이이온의 입이 벌어진다.
시간이 슬로우 모션처럼 흐르는 것 같다.
그가 소화해야 할 첫 번째 마디는 서울 타운 펑크의 후렴.
Don't believe me just watch.

Don't-

정확한 첫 음을 찍었지만, 제대로 된 것인지는 모른다.
그동안 이이온은 정확한 첫 음을 잡아내고도 성공과 실패를 반복했으니까.
그 순간.
이이온과 눈이 마주친다.
아주 짧은 순간이었지만, 웃음을 지은 것 같았다.
결과물은 순식간에 토해졌다.

Don't believe me just watch!

까끌한 음색이 기타처럼 정확한 음계, 음간, 음압을 찍어 낸다.

세달백일 멤버들이 활짝 웃으며 Watch! 하는 에코를 덧붙였다.

두 번째 마디.

⟨갈림길⟩의 후렴구.

Wheeled truck on the highway!

역시 완벽하다.

방청객들이 환호를 지른다.

분명 저들도 ⟨서울 타운 펑크⟩와 ⟨갈림길⟩을 들었을 거니까.

아, 아닌가.

갈림길은 아직 방송이 되지 않았으니까 모르는 사람도 있겠구나.

그렇게 두 개의 후렴 멜로디가 흘러나왔고, 남은 건 하나다.

10년 후의 우리가 회상할 마지막 무대.

⟨세달백일⟩의 후렴.

다섯이 Driving- Da- Da
추억에 Diving- Da- Da

그건, 지금 내가 부르고 있었다.
거대한 환호성과 함께.

* * *

오늘의 방청객 중에는 이현석의 조카이자 음대생인 이영하가 있었다.

그녀는 세달백일이란 팀을 좋아하지만, 그중 70% 정도는 한시온의 지분이었다.

한시온은 정말 천재였으니까.

음대생인 그녀가 보기에도 이해할 수 없을 정도로.

나머지 30%는 구태환과 온새미로의 지분이다.

최재성은 딱히 특색이 없고, 이이온은 얼굴 말고는 기억나는 장면이 없었다.

하지만 지금, 이이온의 노래를 들으며 소름이 돋았다.

음악적 지식이 있는 그녀였기에, 이이온이 무슨 일을 벌였는지 정확히 알 수 있었다.

한시온이 가로등 아래서 선보였던 목소리를 악기처럼 다루는 방식.

그걸 해낸 것이었다.

이영하도 커밍업 넥스트를 보고 호기심을 느껴 작업실에서 멜로디를 만들고 노래를 불러 봤다.

그리곤 어이가 없어졌다.

한시온이 이걸 대체 어떻게 한 건지 이해가 가지 않았으니까.

난이도의 문제가 아니다.

불가능의 영역이다.

그러니 이이온의 목소리가 〈세달백일〉 위에 〈서울 타운 펑크〉와 〈갈림길〉을 올리는 순간, 소리를 지르지 않을 수가 없었다.

그녀뿐만이 아니었다.

방청객들 대부분이 어마어마한 환호성을 내지르고 있었다.

물론 모든 방청객들이 이영하처럼 정확한 상황을 아는 건 아니었다.

하지만 상관없다.

지식이 있어야지만 즐거운 건 음악이 아니고, 한시온은 그런 허영심 따위는 버린 지 오래였다.

환호성과 함께 무대가 벌스 2에 접어들었다.

1 벌스가 멤버들의 실력으로 꽉 채웠다면, 2 벌스는 추억으로 꽉 채웠다.

그동안 커밍업 넥스트를 하면서 세달백일 멤버들이 선보였던 무대의 요소들이 곡에 가득하다.

하지만 역시 하이라이트는 다시 한번 돌아온 이이온의

프리훅과 한시온의 훅.

다섯이 Driving- Da- Da
추억에 Diving- Da- Da

그렇게 세달백일의 마지막 무대인 〈세달백일〉이 끝을 맺었다.
방청객들은 모두 같은 생각을 하고 있었다.
'세달백일이 이겼다.'
무조건이다.
이건 테이크씬이 뭘 해도 이길 수가 없다.

* * *

-우와아아아아아아!

"감사합니다!"
"정말 감사합니다! 세달백일이었습니다."
관객들의 환호성 속에서 세달백일이 고개 숙여 인사했다.
그래, 방청객이 아니라 관객이다.
지금 이 순간 우리의 무대를 즐겼던 사람들은 커밍업 넥스트라는 프로그램과 무관하게 몰입했을 거니까.

"다들 고생 많았어."
"이온 형, 진짜 멋있었어요."
"진짜……. 좋았다."
"우리 잘했지?"
마지막 무대라서 그런지 멤버들의 목소리에 물기가 묻어난다.
그사이 무대 위로 블루가 올라와 상황을 정리하려 했다.
하지만 사람들의 환호성이 너무 커서 쉽게 진정되지 않는다.
심지어 누군가 장난스럽게 시작한 앵콜이 입에서 입으로 전해지더니.

-앵콜!
-앵콜!

제법 큰 소리로 터져 나왔다.
물론 테이크썬을 응원하는 이들은 불만스러운 표정으로 입을 다물고 있었지만, 적어도 절반 정도는 앵콜을 외치는 것 같다.
그 모습에 〈세달백일〉의 무대를 준비하며 했던 말이 떠올랐다.

"마지막 무대는 우리가 무슨 짓을 해도 테이크씬의 승리로 끝나요. 없는 장면을 만들어 내서라도."

"하지만. 현장에서는 우리가 이겼으면 좋겠어요."

"2,000명의 방청객들이 고개를 갸웃할 정도로. 심사위원들의 심사평에 불복할 정도로. 방송 이후에는 시청자 게시판이 항의로 도배될 정도로."

이 말은 실현되었다.

테이크씬의 무대를 보지 않아도 우리가 이겼다고 확신하니까.

물론 심사위원들은 어떻게든 흠을 잡아서 떠들어 댈 거고, 결국 테이크씬이 더 높은 점수를 받을 거다.

하지만 상관없다.

세달백일 멤버들은 내가 없어진 세상에서도 잘해 나갈 수 있을 것 같다.

오늘의 기억 덕분에.

그렇게 우리의 마지막 무대가 끝이 났고, 심사평이 시작되었다.

* * *

심사위원들의 평가 이후.

흥분된 분위기를 가라앉히기 위해서 특별 VCR이 송출되었다.

방송국은 여러 가지 상황을 대비해야 하기에 이런저런 것들을 준비해 놓기 마련이다.

지금 송출되는 VCR도 예상치 못한 경연 지연 사태에 대비해서 준비해 놓은 것이다.

그래서 강석우 피디는 어이가 없었다.

이 VCR을 특정 무대가 너무나 큰 호응을 만들어 내서 틀게 될 줄은 상상도 못했으니까.

'아깝단 말이지.'

자본주의 논리에 따라 커밍업 넥스트의 승자는 테이크씬으로 결정되었다.

불만은 없다.

애초에 그렇게 기획된 프로그램이니까.

하지만 만약 이 프로그램이 정말 공정했다면 어땠을까.

세달백일의 화려한 무대와 이면에 담긴 땀방울을 조명할 수 있었다면.

아마 리얼리티 프로그램이 만들어 낼 수 있는 최고의 장면을 만들어 냈을 것이었다.

하지만 일과 감정은 분리되어야 하는 법이다.

* * *

 심사평까지 듣고 무대에서 내려온 이후, 내 감정은 천천히 가라앉았다.
 만족스러운 무대가 주는 고양감과 성취감이 일순간에 사라졌다.
 솔직히 좀 당황스러울 정도였다.
 내 감정 변화가 심하다는 건 알고 있지만, 이 정도로 롤러코스터를 타기는 쉽지 않으니까.
 하지만 난 최대한 티를 내지 않으려고 노력하며 멤버들의 무대를 하나하나 칭찬해 줬다.
 재미있게도 세달백일 멤버들은 심사위원들의 심사평보다 내 평가를 더 기다리고 있었다.
 이번 무대를 꾸미면서 우리가 뭘 염두에 뒀는지는 우리만 알고 있으니까.
 "시온이한테 칭찬 들으니까 진짜 잘한 거 같다."
 "그쵸? 아주 귀해요."
 게다가 네 명의 심사위원들은 우리 무대에 376점을 줬다.
 평균 점수를 내자면 94점.
 청각적으로는 훌륭한 무대였지만, 시각적으로는 아쉬웠다고.

말도 안 되는 소리다.

다른 장르가 섞인 것도 아니고, 정통 트로피컬 하우스에 이 이상 춤을 추면 투 머치다.

아무리 케이팝 아이돌의 퍼포먼스가 중요하다고는 해도, 노래가 주는 분위기를 깨트리진 말아야 할 것 아닌가.

그런 생각을 하다가 문득 주변이 고요하다는 걸 느꼈다.

옆을 보니, 멤버들이 각자의 생각에 젖어 있다.

3달의 촬영 기간.

B팀 선발전까지 따지면 100일 정도.

그게 오늘로써 끝이 나니까.

"근데 제가 세 봤거든요? 저희 2달하고 23일밖에 안돼요."

"3달 채우려면 8일이나 남은 거네?"

"그죠."

"그럼 우리끼리 여행이라도……."

이이온이 말을 하다가 멈춘다.

뒤늦게 내가 테이크씬에 합류해야 된다는 걸 깨달은 모양이었다.

그래, 맞다.

테이크씬의 데뷔가 얼마 남지 않았으니 안무도 익히고, 녹음도 하고, 뮤직비디오도 찍어야 한다.

"넷이서 노는 것도 재밌을 거예요."

그래서 이렇게 말하고 말았다.

하루 정도는 뺄 수 있을지도 모르겠지만, 세달백일의 여정은 여기서 끝나야 한다.

아주 냉정하게, 내가 세달백일의 편을 들 수 있는 건 여기까지다.

테이크씬 소속이 된다면, 거기서 최선을 다해야 한다.

그게 회귀자가 할 일이니까.

그때 방청객에서 함성 소리가 들려왔다.

테이크씬이 무대에 올랐으니까.

〈Dream Take〉란 곡으로 꾸민 테이크씬의 무대는 나쁘지 않았다.

끈적끈적한 느낌의 딥 하우스를 타이트하게 쪼개 가며 춤을 췄는데, 무대가 꽤 좋다.

라이브도 탄탄하고.

음, 근데 딥 하우스보다는 퓨처 하우스란 표현이 더 잘 어울릴 것 같네.

나한테 편곡을 맡겼으면 퓨처 하우스보다는 퓨처 바운스로 편곡했을 것 같다.

끈적끈적한 느낌보다는 통통 튀는 느낌이 더 좋았을 것 같으니까.

-Baby, I do, Love it
-세 마디면 충분해

테이크썬은 확실히 훈련된 이들이다.
우리 무대를 보고 멘탈이 흔들렸을 법도 한데, 완전히 집중했다.
세달백일이 100점이라고 치면, 90점 정도?
내가 세달백일을 이끌었다는 걸 고려하면, 저 정도도 훌륭한 거다.
이제 와서 생각해 보면 커밍업 넥스트의 기획은 꽤 그럴 듯했다.
개성 넘치는 B팀 참가자들에게 초반 컷을 몰아주고, 회차가 지나면서 점점 테이크썬의 무대로 포커싱이 쏠리는 구조.
그 대미를 〈Dream Take〉로 장식했다면?
테이크썬의 승리에 의문을 품는 시청자는 아무도 없었을 것이었다.
내가 없었다면 구태환도 없었을 거고, 이이온의 음색에 대한 고민도 없었을 거니까.
아, 프로그램 초반으로 한정하자면 온새미로는 내가 없는 게 차라리 나았을 수도 있겠다.
열등감이나 질투심 같은 걸 느끼지 않고 B팀의 에이스

노릇을 했을 거니까.

아마 이이온의 외모와 온새미로의 실력을 가지고 팀을 꾸리지 않았을까?

멤버 하나하나는 훌륭한 것 같지만, 팀으로 꾸리면 테이크썬보다 못한 느낌으로.

"시온아."

그런 생각을 하고 있는데, 온새미로가 날 부른다.

고개를 들어 보니, 테이크썬의 무대가 끝나고 심사위원의 점수가 공개되고 있었다.

97, 100, 95, 98.

합산 390점.

우리가 376점을 받았다는 걸 생각해 보면 어마어마하게 높다.

하지만 난 아무 말도 하지 않았다.

아니, 못했다.

세달백일이 마지막을 고한 지금.

나에겐 더 이상 자격이 없었으니까.

* * *

촬영은 종료되지 않았지만, 방청객들이 귀가를 시작했다.

보통의 서바이벌 프로그램은 마지막 경연 무대 위에서 우승자가 발표되기 마련이다.

하지만 그건 최종 경연이 스포일러와 무관한 생방송으로 진행될 때만 가능한 일.

그러니 오늘 무대에서 우승 팀을 공개하는 일은 없었다.

데뷔로 직행할 우승 팀은 3주 뒤에 방송될 마지막 회에서 공개될 예정이었다.

그렇게 방청객들이 귀가하는 사이, 심사위원들과 강석우 피디가 머리를 맞댔다.

문제가 발생했기 때문이었다.

"세달백일이 이겼다고요?"

"네. 방청객 투표 점수 집계가 방금 끝났습니다."

"차이는 근소한가요?"

"아뇨. 65 : 35 정도입니다."

예상 밖의 상황에 블루가 입을 열었다.

"방청객들을 골라서 뽑은 거 아니었어요?"

"고르긴 했지만, 충성도를 알 수는 없죠."

강석우는 오늘의 방청객들을 테이크씬 팬으로 세팅했다.

방청 신청을 하려면 20문항짜리 설문 조사에 응해야 하는데, 거기에 '어떤 무대가 가장 인상 깊었나요?', '가장 좋아하는 참가자는?' 따위의 질문을 넣어 놓았다.

그걸 데이터화해서 테이크씬을 응원하는 성향의 방청객들을 선별한 것이고.

하지만 이런 데이터는 마음의 크기를 알려 주진 않는다.

테이크씬의 〈Sugar〉를 가장 인상 깊게 봤고, 레디를 가장 좋아하는 방청객일지라도, 가벼운 응원의 마음일 수 있다.

가벼운 마음은 강력한 외부의 충격이 있다면 바뀔 수 있고.

오늘 세달백일의 무대에는 그런 힘이 있었다.

물론 강석우 피디가 정말로 원했다면, 테이크씬의 코어 팬덤으로 방청객을 꽉 채울 수도 있었다.

하지만.

'그런 짓을 하고 안 걸릴 리가 없지.'

막말로 SNS에 공유되는 방청 후기의 프로필 사진이 전부 테이크씬이라면?

편하게 가려다가 사태가 커진다.

"그럼 총합 점수는 어떻죠?"

"세달백일이 높습니다."

"2차, 3차를 포함해도요?"

"네. 2차와 3차에도 방청객 투표 점수가 있으니까요."

"음……."

최대호 대표가 침음을 흘리자, 가장 방송물을 덜 먹은 유선화 트레이너가 입을 열었다.

"그냥 적당히 숫자를 만지면 되는 거 아니에요?"

"절대 안 됩니다."

쉬운 일이지만, 위험 부담이 너무 크다.

세상에 완전한 비밀은 없고, 언젠간 커밍업 넥스트가 테이크씬의 데뷔를 위한 프로그램이었다는 게 세상에 공개될 수도 있다.

막말로 엠쇼의 차기 사장이 현재 사장을 공격하면서 까발릴 수도 있는 거다.

그때 투표를 조작했다는 데이터가 있으면 난리가 난다.

정황 증거라면 비비고 넘어갈 수 있지만, 물적 증거가 있으면 검찰 조사가 들어올 수도 있다.

이런 건 정치권에서 기웃거리기 좋은 소재니까.

"강 피디님 생각은 어때요?"

"1차 미션을 점수에 포함하고, 방청객들의 투표 반영을 10%로 내리죠. 그럼 얼추 맞을 것 같습니다."

커밍업 넥스트의 1차 미션은 개인전이었다.

한시온의 〈가로등 아래서 리메이크〉가 공개됐었던 포지션 배틀.

팀전이라는 색깔에 맞지 않아서 최종 점수에 반영하지

않기로 했는데, 상황이 달라졌다.

그 지표라도 빌려와서 균형을 맞춰야 한다.

다행히 1차 미션에서는 한시온을 제외하면 전체적으로 테이크씬 점수가 더 높다.

"서울 타운 펑크 심사위원 점수가 너무 높았어요."

강석우 피디는 일부러 멘트를 덧붙였다.

지금 발생한 문제는 심사위원들의 과실이 더 크다는 걸 고지시키기 위해.

하지만 심사위원들도 변명거리는 있었다.

그때는 한시온을 테이크씬으로 데뷔시킨다는 계획이 없었을 때다.

"지나간 일 말해 봤자 무슨 의미가 있겠습니까. 말씀하신 대로 데이터 뽑아 주시죠."

"알겠습니다."

잠시 뒤, 제작진이 새롭게 정한 규칙으로 최종 점수를 산정했다.

이제 참가자들에게 결과를 알려 줄 시간이었다.

어차피 다 알고 있겠지만, 가장 중요한 이벤트를 위해서.

* * *

텅 빈 무대 위로 열 명의 참가자들이 올라왔다.

소리를 질러 줄 방청객들은 사라진 지 오래였지만, 괜히 그들의 열기가 남아 있는 느낌.

커밍업 넥스트는 끝이 났지만, 또다시 머리를 맞대고 다음 미션을 준비해야 할 것 같은 느낌.

그런 감상 속에서 참가자들이 묘한 표정을 짓고 있을 때, 최대호 대표가 입을 열었다.

"그동안 정말 고생 많이 했습니다. 길었던 여정이 끝났네요. 하지만 결과를 발표하기에 앞서……."

최대호가 참가자들에게 정중하게 허리 숙여 인사했다.

"20년 가까이 제작자 생활을 하면서 이번만큼 가수들에게 많은 걸 배웠던 적이 없었던 것 같습니다. 모두 고마웠고, 대단했습니다."

열 명의 참가자들이 앞다투어 허리를 숙였다.

그렇게 한층 훈훈해진 분위기 속에서 블루, 유선화 트레이너, 이창준 작곡가도 참가자들에게 따뜻한 말을 건넸다.

이윽고 점수가 공개되었다.

테이크씬 9552점.
세달백일 9490점.

62점 차, 테이크씬 승리.

폭죽이 터지고, 네 명의 심사위원들이 박수를 쳤다.

잠시 멍하니 서 있던 테이크씬이 서로를 얼싸안고는 우승의 기쁨을 나누기 시작했다.

그들의 기쁨은 거짓이 아니었다.

물론 결과는 프로그램의 시작부터 알고 있었다.

하지만 그 과정이 험난했다.

한시온이라는 규격 외의 괴물이 등장했고, 나머지 세달백일 멤버들 중에서도 꼭 한 명씩 터지는 이들이 있었다.

처음엔 구태환이었고, 다음엔 온새미로였고, 이번엔 이이온.

그러다 보니 정해진 결과임에도 큰 기쁨으로 다가왔다.

어쨌든 그들은 이겼으니까.

약간의 편파 판정이 있었겠지만, 자신들의 무대도 훌륭했기 때문에 가능한 결과였다.

물론 한시온이 이런 생각을 알았다면 어이없어했겠지만, 테이크씬 멤버들은 페이드를 제외하면 한시온을 싫어하지 않았다.

얼마 전, 최대호 대표가 한시온을 영입할 거라고 했을 때는 좀 당황했다.

하지만 이미 결정된 일이라고 생각하니 기대감도 피어올랐다.

한시온이 세달백일 멤버들의 포텐을 터트리는 걸 여러 번 목격했으니까.

게다가 작곡 실력도 엄청나고.

그렇게 커밍업 넥스트의 주인공이 테이크씬으로 결정되고, 참가자들이 한 명씩 소감을 이야기하기 시작했다.

먼저 마이크가 주어진 건 테이크씬.

다음 차례는 세달백일이었다.

"한시온 참가자?"

"네."

"소감이 어떤가요."

"완전히 끝났다는 게 실감나지 않네요. 좀 더 잘했으면 어땠을까 하는 마음도 들지만……. 최선을 다했기에 만족합니다. 그동안 함께 고생한 세달백일 멤버들과 멋진 무대로 우승한 테이크씬에게 수고했다는 말씀을 드리고 싶습니다."

그렇게 말한 한시온이 고개를 꾸벅 숙였다.

무미건조한 분위기지만, 답변의 내용은 정석적이었다.

어차피 무미건조한 분위기는 연출의 마법을 통해서 '아쉬움을 억누르는' 느낌으로 탈바꿈할 테니까.

그때 최대호 대표가 입을 열었다.

"사실, 한시온 씨를 제외한 세달백일 멤버들이 얼마 전 제작진을 찾아왔습니다."

한시온이 고개를 들었다.

그리곤 처음 듣는 이야기인 듯 놀란 표정으로 세달백일 멤버들을 쳐다본다.

하지만 세달백일 멤버들은 태연했다.

그저 어깨만 으쓱할 뿐.

그 모습을 보고 있던 최대호 대표가 말을 이었다.

"자세한 이야기는 VCR을 통해서 알려 드리는 게 낫겠군요."

그렇게 VCR이 흘러나왔다.

첫 시작은 한시온을 제외한 세달백일 멤버들이 연습실에 거치된 8mm 카메라를 떼는 장면에서 시작했다.

[이거 작동하는 거 맞아?]
[맞아요. 깜빡거리잖아요.]

카메라 렌즈를 쳐다보는 이이온의 얼굴이 풀 샷으로 잡히다가, 화면이 전환된다.

셀프 카메라 특유의 뷰로 어딘가로 이동하던 세달백일 멤버들 앞에 강석우 피디가 나타났다.

[강 피디님. 드릴 말씀이 있습니다.]
[네? 뭐죠?]

[여기서 말씀드리긴 좀 그렇고, 혹시 심사위원분들을 만날 수 있을까요?]
[음…….]

강석우 피디의 얼굴을 잡던 화면이 또다시 전환된다.
네 명의 심사위원.
네 명의 세달백일.
총 여덟 명이 앉아 있는 테이블의 전경 속 최대호 대표가 입을 연다.

[여러분이 하실 말씀이 있다고 들었습니다.]
[네. 실례라는 건 알지만, 꼭 드리고 싶은 말씀이 있습니다.]
[뭔진 모르겠지만……. 편하게 말씀하시죠.]

고개를 끄덕인 이이온이 침착한 얼굴로 입을 연다.
이어진 말은 화면 속 최대호 대표를 당황스럽게 만드는 것이었다.
만약 세달백일이 패배한다면, 한시온 혼자서라도 데뷔할 수 없겠냐는 요청을 했으니까.

[답변을 하기에 앞서 궁금하네요. 대체 왜 그런 생각을

하게 된 거죠?]

[너무 잘하잖아요.]

[그게 끝인가요?]

[불합리하다는 생각이 들었어요. 한시온이라는 가수가 혼자 무대에 섰다면 어떤 결과를 만들어 냈을까. 한데……. 이미 정답을 봤더라고요. 가로등 아래서, 낙화, 새벽의 끝을 두고.]

[…….]

[테이크썬과 세달백일의 컴피티션이라는 컨셉을 빼면, 오디션 프로그램이란 결국 스타를 발굴하는 프로그램이잖아요?]

[부정할 수 없죠.]

[그래서요. 시온이 혼자라도 데뷔를 한다면 정말 기쁠 것 같아 말씀드리고 싶었습니다. 물론 아직 저희가 패배한 건 아니지만요.]

이번엔 최대호의 옆에 앉아 있던 블루가 입을 열었다.

[정말 세달백일이 탈락했다는 가정 하에, 세달백일이 다 함께 데뷔하기 위해 연습생이 되는 상상은 안 해 봤나요?]

[해 봤습니다만, 시간이 얼마나 걸릴 줄 모르는 일이니

까요. 그 과정 중에 무슨 일이 벌어질지도 모르고.]

 잠깐의 침묵이 흐르고, 다시 최대호 대표가 말했다.

 [여러분이 왜 이런 말을 하는지, 그게 얼마나 따뜻한 마음인지를 잘 알겠습니다. 하지만, 그건 곤란합니다.]
 [……..]
 [어디까지나 커밍업 넥스트는 테이크씬과 세달백일이 경쟁하는 프로그램입니다. 둘 중 한 팀만 데뷔를 하는 게 시청자분들과의 약속입니다.]

 여기서 성의 없이 VCR이 끝나 버렸다.
 하지만 VCR은 끝났을지언정, 쇼는 끝나지 않았다.
 현장의 최대호 대표가 VCR 속 자신의 말을 이어받듯이 입을 열었으니까.
 "그런데 문득 이런 생각이 들었습니다. 한시온 참가자가 테이크씬으로 데뷔를 할 수 있지 않을까."

* * *

 최대호가 뭐라고 떠들어 대지만, 잘 들리지 않는다.
 내 상념은 여전히 VCR에 남아 있다.

저 영상을 언제 찍었을까?

내가 테이크씬으로 데뷔한다는 이야기를 한 이후에 제작진을 찾아갔을까?

그럴 듯한 이유를 만들어 줘서 나에게 쏟아지는 비난의 수위를 줄이기 위해서?

그게 아니라면 제작진이 부탁을 했나?

한시온이 테이크씬으로 데뷔하게 된 계기가 세달백일의 부탁이었다면, 그림이 아름다우니까.

그래, 이게 맞는 것 같다.

아마 실제 방송에서는 저 VCR이 최종 경연 이후에 촬영된 일로 편집될 거다.

그게 타임라인이 더 예쁘다.

게다가 세달백일이 최종 경연 전에 '우리가 탈락한다면'이라는 가정을 하는 건 위험하다.

세달백일이야 테이크씬이 데뷔한다는 걸 알고 있으니 그렇게 접근했지만, 시청자들 눈에도 그렇게 보이면 안 되니까.

하지만 그 순간, 내 머릿속에 멤버들과 나눴던 대화가 떠올랐다.

"제작진이 테이크씬을 밀어준다는 건 확신했는데······. 그것 때문에 눈치 챈 건 아니야."

"네가 좀 이상했어. 평소처럼 행동하는데 어딘지 딱딱한 느낌? 적대적인 건 아니고, 거북이가 등껍질 아래 숨은 느낌."
"그쯤 태환이가 알아차렸지."
"세달백일에서 너만 데뷔하게 된 거지?"

그 뒤에 분명 온새미로가 이렇게 말했었다.

"너무 신경 쓰지 마. 우리도, 시청자도."
"시청자?"
"시청자들에게 비난받는 일이 없을 거라는 거야."
"그럴 리가. 세달백일을 응원하던 사람들은 날 욕할 걸."
"우린 아니라고 생각해."

그때는 별생각 없었지만, 분명 이상한 단어 선택이다.
온새미로는 가난한 삶을 살아왔기 때문인지 방어적인 단어를 구사한다.
다른 사람은 모르겠지만, 나만 그렇게 생각할 수도 있지만, 내 기준에서 말을 하자면.
이런 식의 전제를 깔고 말을 시작할 때가 많다.
하지만 분명 '우린 아니라고 생각해.'라고 말했다.
그렇다는 것은 온새미로가 멤버들 전체의 의견을 알고 있으며, 그게 추측의 영역이 아니라는 것이다.

즉, 저 VCR은 생각보다 훨씬 전에 촬영된 것이다.

본격적으로 최종 경연을 준비하기도 전에.

그렇다면 저들의 의도는…….

순수하다.

정말 저렇게 생각하는 것이다.

한시온 혼자서 했으면 지금보다 훨씬 잘했을 텐데, 본인들이 짐이 돼서 미안하다고.

그리고.

"시온아. 혹시 부모님이 병원에서 네 노래를 들으실 수 있게 여기 출연한 거야?"

"그런 셈이죠. 그래서 가급적 빠르게 데뷔를 하고 싶기도 해요."

한시온이 데뷔를 해야 하니까 혼자라도 데뷔시켜 줄 수 없겠냐고.

순간 숨이 턱 막혔다.

얼마 전 그런 생각을 했었다.

내가 유독 세달백일을 편하게 여기고, 좋은 기억으로 간직할 수 있는 건 책임감이 없기 때문이라고.

내가 선택한 이들이 아니기 때문에 홀가분함을 느낀다고.

하지만 반대로 세달백일 멤버들은 나에 대한 책임감을 느끼고 있었다.

그리고 내가 잘되길 바라고 있었다.

물론 오랜 시간을 살아오면서 나에게 호의를 보인 사람은 많았다.

이해할 수 없는 호감을 보인 사람도 많았다.

하지만 그게 본인들의 상황과 무관했던 적은 거의 없다.

자신들의 탈락과 무관하게, 내 데뷔를 신경 써 주는 세달백일처럼.

경연 하루 전날에 우리 부모님의 병실을 방문했던 것처럼.

부끄러워졌다.

난 이이온의 음색이 쓰레기라고 생각했고, 최재성은 특색이 없는 보컬이라고 생각했다.

온새미로는 이유 없이 예민한 놈이라고 낙인 찍었고, 구태환은 내가 포인트를 잡아 주지 않았다면 커밍업 넥스트에서 탈락했을 거라고 생각했다.

시간이 지나며 이런 생각들은 유해졌지만, 내가 그들을 그렇게 취급했던 건 변하지 않는다.

그때 최대호 대표가 선택지를 건넨다.

테이크씬 멤버들에게 의사를 물어봤는데, 그들도 좋다

고 했다고.

그러니 이제 내 결정만 남았다고.

"세달백일의 탈락을 맞이하겠습니까? 아니면 멤버들의 뜻을 따라 테이크씬에 합류하겠습니까?"

세달백일의 탈락.

이걸 선택하면 세달백일로 이룩한 모든 것이 물거품이 되는 느낌이 든다.

멤버들의 뜻을 따라 테이크씬에 합류.

이걸 선택하면 세달백일의 훌륭한 무대 덕분에 약간의 성공을 쟁취한 느낌이 든다.

일부러 최대호 대표가 단어를 고른 거다.

시청자들이 보기 좋게, 제작진들이 욕먹지 않게, 테이크씬 활동에 잡음이 나오지 않게.

그렇게 머리를 굴리고, 정치적인 수사로 선택지를 제시한 거다.

하지만 나에겐 그 어떤 선택지보다 지금 어깨에 올라온 손이 더 무겁다.

고개를 돌리지 않아도 알 수 있다.

오른쪽에 서 있던 이이온이 내 어깨에 손을 올리고, 왼쪽에 서 있던 구태환이 등을 툭툭 건드린다.

고민하지 말라는 거다.

나아가라는 거다.

하지만…….
나는 나아가지 못하는 사람이다.
비선형적인 시간에 갇혀서 영원히 제자리를 걷고 있는 사람이다.
그러니까.

"그냥 질러 버려. 대중들은 언뜻 무신경한 듯 하지만, 절대 그렇지 않아."
"네 음악에 담긴 본질을 알아차릴 사람은 세상에 너무나 많을 거야. 나처럼."

한 번쯤은 괜찮겠지.
"탈락을 맞이하겠습니다."
나는 최대호 대표가 내민 선택지 중 하나를 고른 게 아니다.
새로운 선택지를 고른 거다.
어떤 어려움이 있더라도, 세달백일로 다 함께 데뷔하겠다는.

Album 8. 비즈니스 게임

있어 보이는 말로는 번 아웃.
없어 보이는 말로는 현자 타임.
더 없어 보이는 말로는 현타.
아닌가, 현자 타임이나 현타나 거기서 거기인가.
아무튼 난 현타가 왜 오는지에 대해서 공부를 해 본 적이 있다.
무수한 회귀를 겪다 보면 필연적으로 마주하게 되는 놈이니까.
현타가 오는 이유는 호르몬 때문이다.
인간의 동기 부여와 성취감을 담당하는 도파민이 과다하게 분비된 이후, 평균값 아래로 떨어지며 의욕을 잃어버리는…….

젠장, 뭐 하는 거지.

괜히 스스로한테 변명하고 있네.

그냥 간단하게 말하면, 현타가 왔다.

"……."

세달백일과 함께 데뷔하겠다며 테이크씬을 박차고 나온 게 바로 어제다.

최대호 대표는 화를 냈고, 강석우 피디는 황당해했다.

하지만 뭐 어쩌겠는가.

내가 안 하겠다는데.

어수선한 분위기 속에서 촬영이 끝나 버렸고, 우린 구태환의 부모님이 하시는 버섯농장에서 술을 마셨다.

미성년자인 최재성은 음료수만 홀짝였지만, 분위기는 좋았다.

참고로 온새미로는 울었다.

내가 이런 선택을 할 줄 몰랐다면서.

찌질한 놈.

최재성은 그런 온새미로를 찐이라고 놀려 댔고, 이이온은 청소를 했다.

알고 보니까 이온 형 술버릇이 청소더라고.

구태환 부모님이 남들 눈 신경 쓰지 말라고 비워 준 별채를 쉬지 않고 청소했다.

청소 업체 직원인 줄 알았다.

유일하게 구태환만 멀쩡했다.

제법 마신 것 같았는데, 술이 엄청나게 세서 눈 하나 깜짝하지 않고 멤버들만 관찰했다.

들어보니까 구태환의 취미가 사람 관찰이라더라.

그렇게 즐거운 시간을 보내고 헤어진 다음날.

현자 타임이 찾아온 것이었다.

선택을 후회하는 건 아니다.

아마 똑같은 순간이 와도 똑같은 선택을 했을 것 같다.

하지만 분명 회귀자로서 적절하지 않은 선택이었다.

누군가는 어차피 수많은 생을 반복하는데 한 번쯤 마음대로 살면 어떠냐고 의아해할 수도 있다.

하지만 그렇게 간단한 문제가 아니다.

나도 스트레스를 풀기 위해서 마음대로 살려고 해 본 적이 있다.

그동안 벌어 놓은 돈으로 캘리포니아 해변에서 파티나 즐기며 살고 싶었다.

하지만 이 말은 곧 2억 장을 팔 가능성을 배제했다는 거다.

가능성이 없다는 건 포기했다는 거고, 포기는 회귀를 불러온다.

그게 내 회귀 규칙이니까.

물론 억지로 포기했다는 걸 외면하며 버틸 수는 있다.

일주일, 보름, 혹은 한 달.

매일 파티를 벌이고, 술에 취해 곯아떨어지는 삶을 살며 외면할 수 있다.

하지만 그것도 한계가 있다.

선상 파티의 흔적이 가득한 메가 요트에서 눈을 뜬 어느 날, 이런 생각을 할 거니까.

'도망쳐 도착한 곳에 낙원은 없다.'

그러니 2억 장을 팔 수 있다는 실낱같은 희망을 품고 있어야지만 생을 유지할 수 있다.

설령 2억 장을 팔지 못하는 생이라도 뭔가를 얻으려고 해야 한다.

내가 이번 생에 티피컬한 케이팝 아이돌을 경험해 보려고 했던 것처럼.

그건 포기가 아니라, 준비니까.

그런 의미에서 현재 세달백일의 상황은 꽤 부정적이었다.

커밍업 넥스트는 표면적으로는 '우승 즉시 데뷔', '탈락 후 거취는 자유'를 표방하고 있긴 하다.

즉, 우승하면 라이언 엔터에서 데뷔를 해야 하지만 탈락을 하면 어디든 갈 수 있다는 것이다.

하지만 실제로 이렇게 될 리가 없다.

커밍업 넥스트란 프로그램이 대차게 망했다면 모를까, 시청률 10%를 바라보고 있는 시점이다.

국민 열 명 중 한 명이 알고 있는 인지도의 참가자를 라이언 엔터가 그냥 풀어 준다?

프로그램 기획도, 프로그램 제작비도, 트레이닝 비용도, 전부 라이언 엔터가 부담했는데?

그럴 리가 없다.

업계에서 호구 소리를 듣기 딱 좋다.

그러니 지금부터 세달백일 멤버들에 대한 압박이 시작될 것이었다.

라이언 엔터를 떠나면 너희는 데뷔할 수 없다.

이 업계 어디에도 발을 붙이지 못할 거다.

블러핑을 치는 것도 아니다.

최대호 대표에게는 그 정도 힘이 있다.

실제로도 대형 기획사에 밉보였다가 몇 년이나 방송 출연을 금지당한 케이스들이 있으니까.

게다가 우린 엠쇼까지 적으로 돌렸다.

물론 엠쇼가 금전적으로 피해를 본 건 없긴 하다.

오히려 시청률이 피크를 찍으면서 많은 돈을 벌었겠지.

1위를 찍은 음원들의 유통사도 엠쇼잖아?

하지만 중요한 건, 그들의 체면이 상해 버렸다는 거다.

엠쇼는 한시온이란 상품을 곱게 포장해서 라이언 엔터로 보내 주기로 약속했다.

그래서 한시온의 상품성에 금이 갈까 싶어서 어화둥둥 편집도 해 주고, 편의도 봐줬다.

한데, 갑자기 내가 날라 버렸다.

이런 상황에서 가만히 있으면 기득권이 아니다.

게다가 이건 추측이지만, 엠쇼는 테이크씬 매출의 일부를 쉐어받을 확률이 높다.

그렇지 않다면 방송국에서 왜 사내 오디션 프로그램을 편성했겠는가?

즉, 내가 테이크씬에 합류하지 않았기에 원래 벌 수 있었던 돈을 못 벌게 된 거다.

참고로 윗분들은 이런 상황을 '손해'라고 표현한다.

자기들 주머니에 들어올 수 있었던 돈이 사라진 거니까.

내 덕분에 번 돈은 새까맣게 잊어버리고.

그러니 엠쇼와 라이언 엔터는 지금부터 나와 세달백일의 기강을 잡으려고 할 거다.

나한테는 협박을.

나머지 멤버들에게는 압박을.

물론 나한테 이런 상황을 대처할 방법이 없냐면, 당연

히 있다.

 난 한국은 잘 모르지만, 쇼 비즈니스의 논리는 잘 안다.

 방법은 많다.

 하지만 그걸 세달백일 멤버들이 믿을지 모르겠다.

 내 음악 실력을 믿는 것과 비즈니스 방식을 믿는 건 다른 이야기니까.

 이이온, 온새미로, 구태환, 최재성.

 지금까지 이들은 순수했다.

 날 걱정했고, 내가 데뷔하길 원했고, 그걸 행동으로 옮겼을 뿐이다.

 하지만 이제는 저울질을 해야 하는 시간이다.

 한시온과 함께하면 영원히 아이돌의 꿈을 이룰 수 없다는 협박을 받을 거니까.

 게다가 '한시온'이 올라간 저울의 반대편에 '가족'이 올라갈 수도 있다.

 [세달백일 이이온(21) : 나는 김달인 피디랑 보기로 했어. 부모님이랑 같이.]

 [세달백일 구태환(20) : 저는 강석우 피디님이 가게로 오신다는데요?]

 [세달백일 최재성(18) : 저도 누가 온대요. 근데 왜 방

송국에서 오는 거죠? 라이언 엔터가 아니라?]

4시간 전에 주고받은 단톡방의 메시지다.

아마 지금쯤 멤버들은 피디와 만났거나, 만나고 있을 거다.

좀 걱정되는 건, 온새미로만 메시지가 없다는 거다.

집안 상황을 생각해 보면 온새미로 부모님이 가만 있지 않을 거 같은데.

평생 가난했던 그들이 처음으로 갖게 된 보물이 온새미로일 테니까.

어쨌든 나한테는 아무런 연락도 오지 않았다.

우리 부모님의 상황 때문이 아니라, 고립시키려는 의도일 거다.

정상적인 판단을 흐리게 만들기 위해서.

한참 그런 생각을 하다가 침대에 누웠다.

그동안 촬영 때문에 자는 시간이 불규칙해서 그런지, 저녁 7시밖에 되지 않았는데 잠이 온다.

"……."

하지만 잠에 들고 싶지 않다.

악몽을 꿀 것 같은 느낌이 든다.

"……."

세달백일 멤버들이 포더유스처럼 군다던가, 커밍업 넥

스트가 스테이지 넘버 제로처럼 방영된다던가.

그런 기분 나쁜 꿈을 꿀 것 같다.

"……."

그 순간이었다.

내 몸이 블랙홀에 빨려 들어가는 것처럼 이동하기 시작했다.

주변의 모든 풍경들이 일그러지고 밀려나며 나를 스쳐 지나간다.

빠아아아앙-!

이윽고, 난 사거리에 있었다.

어이가 없다.

결국 이렇게 회귀를 하는 건가?

아직 세달백일 멤버들이 결정을 내리지도 않았는…….

딩동!

"……어."

침대에 누워 있는 게 느껴진다.

혹시 내가 회귀를 했나?

사거리에서 병원에 실려온 건가?

하지만 눈을 뜨니 아니었다.

그저 꿈을 꿨을 뿐이었다.

언제 잠들었는지 모르게 잠들었다가 초인종을 누르는 소리에 깨어난 거다.

초인종?

거실로 나가며 시계를 보니 9시가 막 넘어가고 있었다.

2시간밖에 안 잤다고?

엄청나게 오래 잔 기분인데.

그렇게 문을 여는 순간 당황했다.

햇살이 너무 눈부셨다.

집 전체에 암막 커튼이 쳐져 있어서 몰랐는데, 지금은 저녁 9시가 아니다.

아침 9시다.

또 한 가지, 날 당황케 만든 것은 세달백일 멤버들이 문 앞에 서 있다는 것이었다.

"너 잤지?"

"……?"

"와, 피부 맑은 거 봐. 도대체 얼마나 잔 거야?"

대화를 못 따라가겠다.

멀뚱히 서 있으니 이이온이 말한다.

"일단 좀 들어가면 안 될까?"

"집 주소는 어떻게 알았어요?"

"너 전화 안 받는다고 강석우 피디님이 알려 주던데?"

"어, 일단 들어오세요."

멤버들을 집으로 들이고 전원이 꺼진 핸드폰을 이불 사이에서 발견했다.

배터리가 없어서 방전이 된 모양이었다.

급속 충전을 시키며 켜 보니, 세달백일, 강석우, 최대호, 현수 삼촌까지 부재중 전화가 스무 통이 넘게 찍혀 있다.

그제야 정신이 확 들었다.

내가 무슨 생각을 하다가 잠이 들었는지.

"어제 피디 만났어?"

거실로 나가서 물으니, 구태환이 고개를 끄덕인다.

"만났지."

"뭐라고 했어?"

"라이언 엔터 연습생이 되면 2년 안에 데뷔시켜 준다던데. 그게 순리에 맞다고. 다른 회사로 가면 데뷔하기 힘들 거라고."

틀린 말은 아니다.

"그래서 넌 뭐라고 했는데?"

"난 별말 안 했고, 우리 아버지가 내 마음대로 하게 두라면서 내보냈어."

이이온과 최재성도 상황은 비슷했다.

다만 구태환의 부모님이 좋은 의미로 말했던 거에 비해, 이이온과 최재성은 결이 좀 달랐다.

"우리 부모님은 계속 내가 교사가 되길 원하셨거든. 오히려 잘됐다고 생각하시는 거 같던데."

"저희 부모님도요."

……이런 상황은 생각 안 해 봤는데.

하긴, 모든 부모님들이 자식이 연예인이 되겠다는 걸 반기는 건 아니니까.

마지막으로 온새미로는…….

"나도 내 마음대로 할 거야."

얼굴에 몇 대 맞은 흔적은 있었지만, 강단 있게 말한다.

그 순간, 좀 어이가 없어졌다.

난 불과 몇 시간 전에 번 아웃 상태였는데, 다들 단단했으니까.

한 번뿐인 인생을 살아가는 주제에.

역시 회귀자가 제일 겁쟁이다.

다음이 있다는 생각에 온 마음을 다해 도전하지 못하는.

하지만 고민이나 현자 타임은 여기서 끝내기로 했다.

이제 나도 단단해질 시간이다.

그래서 입을 열었다.

"좋아요. 우리는 엠쇼를 적으로 돌렸고, 라이언 엔터를 적으로 돌렸어요. 혹시 계획 있어요?"

"우리를 받아 줄 회사를 찾아야 하지 않을까?"

구태환의 말에 고개를 저었다.

그런 곳은 없다.

우리가 라이언 엔터의 뒤통수를 때린 건, 라이언만의 문제가 아니라 연예 기획사 전체의 문제로 번진다.

업계에 나쁜 선례를 남기고 싶지 않으니까.

대기업이 산재 소송을 건 공장 노동자 한 명과 죽일 듯이 싸우는 이유와도 비슷하다.

그 한 명에게 줘야 할 돈이 아까운 게 아니라, 선례가 남아 버리면 앞으로 그들의 권력에 금이 갈수도 있기 때문이다.

"물론 우리를 받아 준다는 곳이 전혀 없진 않겠지. 하지만 그런 곳은 우리가 걸러야 해."

이 바닥 생리에 대해서 전혀 모르는 초짜들이거나, 라이언 엔터의 나쁜 심부름을 하는 대리인일 수도 있다.

"음……."

생각보다 상황이 복잡하다는 걸 이해했는지 멤버들이 침음을 흘린다.

그때 온새미로가 물었다.

"넌? 혹시 좋은 생각 있어?"

당연히 있다.

하지만 이걸 어떻게 설명해야 할지 모르겠다.

그러다가 적절한 단어가 떠올랐다.

"동아리."

"응?"

"우리는 아이돌 동아리에요."

소속사도 없고, 데뷔도 못하고, 음악 방송에 출연하지도 못할 거다.

최대호 대표의 영향력이 얼마나 될지 모르겠지만, 어쩌면 음원 차트에서 이름을 빼 버릴 수도 있다.

하지만 어마어마한 숫자의 앨범을 팔아치울 거고, 억 단위의 뮤직비디오 조회 수를 기록할 거다.

앨범에는 내로라하는 뮤지션들이 참여할 거고, 빌보드 차트에 오르내릴 거다.

나도 궁금하다.

그때쯤이 되면 한국 음악 산업계가 여전히 우리를 배척할 수 있을지.

티피컬한 아이돌이 되겠다는 애초의 목표는 사라졌다.

이제 이들과 닿을 수 있는 곳까지 가 볼 생각이다.

* * *

동아리란 단어가 별로라는 멤버들의 항의에 결국 우리의 정체성은 크루로 결정되었다.

세달백일 크루(Crew).

크루는 사전적 의미로만 따지면 배의 선원을 뜻한다.

하지만 음악 산업계에서는 조금 다른 의미로 쓰이는데, 비즈니스보다 친분으로 엮인 집단 정도라고 해야 할까?

특히 힙합 씬이나 댄스 씬에서 힙합 크루, 댄스 크루라는 단어를 많이 쓰는데, 계약서를 쓰지 않고 뭉쳐 있는 집단을 뜻했다.

물론 크루라고 해서 상업적인 활동을 하지 않는 건 아니다.

단체 공연을 할 수도 있고, 컴필레이션 앨범을 낼 수도 있지.

하지만 행위의 동기가 '돈을 벌자'보다는 '모였는데 뭐라도 하자'에 가깝다.

크루로 시작했지만 상업적인 목적을 갖게 되면 그때부터 레이블이 되는 거고.

레이블은 그냥 기획사랑 비슷하다.

레이블의 엄밀한 뜻은 '음반사'이지만, 한국에서는 엔터테인먼트들이 전부 다 하더라고.

기획도 하고, 음반도 내고, 홍보도 하고.

사실 멤버들은 좀 혼란스러운 모양이었다.

"소속사도 없고, 데뷔도 하지 않는 아이돌이라는 거지……?"

"정 이해가 안 가면 독립 소속사라고 생각해도 돼요.

소속사가 해야 하는 일을 우리 다섯이서 한다고 생각하면 되니까."

"그럼 음악 활동은 어떻게 해?"

"보통 아이돌은 음악 활동을 어떻게 해요?"

"음악을 만들고, 쇼케이스를 하고, 음방에 서고? 아, 행사도 가지."

"그러면 우리도 활동을 하는 거죠. 음악을 만들 거고, 쇼케이스를 할 거니까. 음방은 한동안 못하겠지만, 행사는 섭외가 올 수 있고."

설명을 했음에도 멤버들은 점점 혼란에 빠졌다.

핵심을 짚은 건 구태환이었다.

"그러면 다른 아이돌 그룹은 왜 그렇게 안 하는 거야?"

맞다.

정산을 갈라 먹는 소속사가 없이도 멀쩡히 활동할 수 있다면, 다들 그렇게 할 거니까.

"못하는 거지."

"왜?"

"만약 드롭 아웃이나 엔오피가 독립한다면 활동을 못할까?"

"아니. 잘하시겠지."

"왜?"

"이미 유명하니까? 불러 주는 곳이 많으니까?"

"맞아. 이미 증명했으니까."

드롭 아웃과 엔오피는 케이팝 씬의 슈퍼스타다.

"그럼 신인 그룹이 독립한다면 활동을 못하는 이유는?"

"아무도 모르니까요. 증명도 못했고."

최재성의 말에 고개를 끄덕였다.

"그러니까 우리는 증명해야 하고, 유명해져야 해."

"어떻게?"

여기서 내가 해 줄 수 있는 말은 많지 않다.

나도 구체적인 플랜은 없다.

빌보드였다면 연도별로 어떤 노래가 터지고, 어떤 이슈가 벌어지는지를 알겠지만, 여긴 케이팝이다.

굵직굵직한 것들 말고는 잘 모른다.

하지만 계획이 없을 뿐, 방식은 알고 있다.

정확한 방식을 안다면 적절한 계획도 세울 수 있다.

"구체적인 계획은 이제부터 고민을 해 봐야겠지만, 원리는 간단해요. 우리는 3주 뒤부터 활동을 시작할 거예요."

"3주?"

"그때 커밍업 넥스트 10회가 방송되니까요."

내가 테이크씬을 거절한 지금, 방송이 어떻게 편집될지 모르겠다.

시청률을 위해서는 나에게 흠집을 내면 안 되는데, 마지막 회에는 난도질을 할 수도 있으니까.

그러니 커밍업 넥스트가 끝나야지만 정확한 계획을 수립할 수 있다.

"우리 목표는 커밍업 넥스트가 끝나고 한 달 동안 사람들이 우리 이야기를 하게 만들어야 해요."

"프로그램의 화제성을 세달백일 크루로 옮긴다는 거지?"

"네. 커밍업 넥스트의 세달백일이 독립했고, 가수 활동을 시작했다는 걸 모두 알게."

"쉬운 거 아니야? 시청률이 10% 가까이 되던데."

"우리가 기자 회견을 해도 연예 기사란에는 단 하나의 기사도 올라오지 않을 거야. 애초에 기자가 올지도 모르겠네."

이제 좀 와닿았는지 멤버들이 입을 다문다.

하지만 난 씩 웃었다.

"재밌을 거 같지 않아요? 대한민국 최초잖아요."

여긴 수많은 대형 기획사들과 방송국이 쇼의 헤게모니를 거머쥐고 있는 비즈니스 업계다.

그래서 쇼 비즈니스인 거다.

거기에 세달백일이라는 조그마한 존재 다섯이서 머리를 들이받는 거다.

모두가 우리를 비웃고, 안 될 거라고 지레 짐작하겠지만…….

글쎄.

난 자신 있는데.

내 얼굴에 어린 자신감을 읽었는지, 멤버들의 표정도 한결 편해진다.

이런 게 리더의 자질이라는 거지.

"그럼 우리 리더는 이온 형인가?"

"……응?"

"이온 형이 처음에 말을 꺼냈거든. 널 데뷔시켜 달라고 부탁해 보자고."

"그러네요. 거기서 모든 일이 시작된 거니까."

"……그치. 이온 형이 리더를 해야지."

내가 그렇게 말하자 멤버들 전원이 웃음을 터트렸다.

"시온 형 요즘 보면 타격감이 있다니까요."

"쪼렙 캐릭터로 보스 룸 들어가서 툭툭 건드는 느낌이야."

농담이었나 보다.

흠, 내가 리더가 하고 싶은 게 아니다.

세달백일 크루의 방향성을 제시할 때 가장 큰 발언권을 얻고 싶을 뿐이다.

다시 한번 말하지만 주인공병 걸린 회귀자라서가 아니다.

"그럼 우리 3주 동안 뭐해?"

"말해서 뭐 해요. 연습해야죠."

멤버들을 훑어보며 말을 이었다.

"실전에서."

"실전?"

아, 그 전에 강석우 피디, 최대호 대표랑 교통정리부터 해야겠다.

* * *

한시온의 연락을 받은 강석우 피디가 잡은 약속 장소는 동대문 시장 안에 있는 참치집이었다.

아주 오래된 식당인데, 외관은 허름해도 맛이 정말 기가 막힌 곳이다.

외관을 보고 인상을 찌푸렸던 고위층 인사들도 어떻게 하면 예약을 할 수 있냐고 물어볼 정도로.

강석우는 이곳에 예약 전화를 하면서 스스로의 마음을 확인했다.

중요한 사람들과 만날 때만 방문하는 장소다.

그런데 한시온의 전화를 받자마자 여기서 만나야겠다고 생각했다.

한시온이 중요한 인물이라는 뜻이다.

그 끝이 어떻게 되던, 홀대하고 침을 뱉으며 헤어질 사람은 아니라고.

'이것 참. 고작 스무 살인데.'

강석우 피디는 그런 생각을 하며 약속 장소로 향했고, 한시온을 만났다.

그리고 살짝 놀랐다.

한시온의 얼굴이 정말 편해 보였으니까.

사실 프로그램을 진행하는 내내 한시온을 보면서 궁금했었다.

뭐가 저 천재에게 압박감을 가하고, 악몽을 꾸게 만드는 걸까.

새벽 연습실에 혼자 가만히 앉아 생각하는 주제는 무엇일까.

눅눅하고 우울한 분위기는 어디서 왔을까.

"어제는 잠들었다고요?"

"네. 프로그램 끝나고 긴장이 풀렸나 봅니다."

"솔직히 긴장이 풀릴 상황은 아니지 않아요?"

강석우 피디가 그렇게 찔렀지만, 한시온은 웃을 뿐이었다.

"순서상 최대호 대표님과 먼저 만나는 게 맞지만, 강석우 피디님을 먼저 뵙고 싶었습니다."

"왜요?"

"그동안 감사했습니다. 그리고 결과적으로 이렇게 돼서 죄송합니다."

"……."

한시온과 어떤 대화를 나눌지 상상했었지만, 이렇게 깔끔한 감사와 사과를 받을 줄은 몰랐다.

그래서 강석우 피디는 두 가지 사실을 깨달을 수 있었다.

하나는 한시온이 판세를 제대로 읽고 있다는 것.

치기 어린 충동으로 '잘될 거야.' 같은 생각을 하고 있는 게 아니다.

엠쇼와 라이언을 적으로 돌렸다는 걸 정확히 인식하고 있다.

또 하나는 그럼에도 불구하고 돌이키지 않겠다는 것.

한시온이 테이크씬으로 돌아가는 일은 없다.

"……."

긴 침묵이 흐르고, 주문한 음식이 나왔을 때쯤 강석우 피디가 입을 열었다.

"솔직히 설득하러 나왔는데, 설득이 될 것처럼 보이진 않네요."

"협박도 있지 않나요?"

"그건 더 안 될 거 같아서."

"현명하십니다."

"대신 이거 하나는 솔직히 대답해 줘요."

강석우가 말을 이었다.

"왜 그랬어요? 한시온 씨는 빨리 데뷔하고 싶었고, 테이크씬은 가장 적절한 선택지가 아니었나요?"

"적절했죠. 아직도 테이크씬을 선택하는 게 옳았다고 생각합니다."

"그럼 왜요?"

"틀린 선택이라는 걸 알았지만, 그걸 선택하고 싶었으니까요."

"그래서 이제 어떻게 할 거예요?"

"맞게 만들어야죠. 틀린 걸."

잠시 멈칫했던 강석우가 피식 웃으며 참치 한 점을 집어 들었다.

"먹어요. 맛있으니까."

"잘 먹겠습니다."

그렇게 두 사람은 별 대화 없이 식사를 했다.

그러던 중 전조도 없이 강석우가 툭 말을 던졌다.

"나도 그런 거 있었거든. 틀린 걸 알았지만, 선택한 일."

"뭔가요?"

"엠쇼 이적."

부담감에서 도망치기 위해 선택이라는 걸 알았지만, 하

고 싶었다.

편해지고 싶었으니까.

"한시온 씨가 뭐에서 도망쳤는지는 모르겠지만. 그리고 우리는 내일부터 사이가 나빠지겠지만……."

그래도 자신이 엠쇼에서 쌓은 첫 번째 커리어를 만들어 준 사람이 아닌가.

그러니 이 정도 덕담이 적절할 것 같다.

"잘해 봐요. 응원의 눈빛은 아니겠지만 지켜보고 있겠어요."

"그럼 저도 한 가지 부탁을 드려도 될까요?"

"말씀해 보세요."

"만약에 엠쇼와 라이언 엔터의 사이가 틀어졌다면, 현 상황의 귀책 사유가 누구에게 있는지 싸우는 중이라면……."

한시온이 말한다.

"남은 커밍업 넥스트를 세달백일 중심으로 방송해 보시죠."

"왜요? 라이언이 엠쇼한테 더 화가 날게 불 보듯 뻔한데?"

"아뇨. 두려워할 겁니다."

"……?"

"엠쇼는 세달백일을 주인공으로 밀었지만, 결국 테이

크씬이 라이언에서 데뷔한다면 어떻게 될까요?"

"……!"

"대중들은 두 집단을 분리해서 생각할 겁니다. 대중들의 생각에는 힘이 있고요."

강석우 피디의 눈이 커졌다.

"그렇게 약간의 시간만 흐르면 라이언 엔터는 불안하겠죠. 결국 모든 자료와 방아쇠는 엠쇼에게 있으니까."

"……."

"몇 년 뒤 사장단이 물갈이된다면? 당시의 직원들이 사라진다면? 인과는 사라지고 약점만 남는 게 아닌가라고 생각하지 않을까요?"

강석우는 한시온의 생각에 진심으로 놀랐다.

이런 식으로 생각해 본 적이 단 한 번도 없었으니까.

물론 한시온이 모르는 이야기도 있다.

엠쇼는 라이언 엔터에게 테이크씬의 수익을 쉐어받기 때문에 남남으로 분리되기가 힘들다.

하지만 이건 강석우 피디의 착각이었다.

한시온의 생각은 거기까지 닿아 있었다.

"그러니까 테이크씬의 수익을 쉐어받지 않겠다고 선언하시죠."

"……수익을 쉐어받다뇨? 그런 일은 없습니다."

"쉐어받지 않는다고 선언하면 라이언 엔터는 처음에는

좋아할 수도 있습니다. 하지만 결국에는 계산기를 굴려 보다가 손을 내밀 거예요. 돈 좀 가져가라고."

"한시온 씨. 쉐어는 없……."

"계속 한 덩어리로 비비고 있어야지 둘 다 폭탄의 사정권 안에 들어가 있으니까요."

한시온이 확신한다는 걸 깨달은 강석우가 한숨과 함께 말했다.

"자료가 공개되면 테이크씬이랑 라이언 엔터보다 제가 먼저 나가리 될 텐데요. 메인 연출자니까."

"당연히 공개를 안 해야죠. 공포탄만 쏴야지 실탄을 쏘면 전쟁 아닙니까?"

"……."

"어차피 공개 안 하실 생각이었잖아요? 주도권이 엠쇼에게 온다는 것 말고는 달라지는 게 있나요?"

그러니까, 한시온의 말은 이런 거다.

세달백일을 주인공으로 삼은 방송을 내보내고, 수익 쉐어 따위 필요 없다고 선언을 해라.

그러면 그 자체로 협박이 될 거고, 결국 라이언 엔터에서도 수익 쉐어를 원하게 될 거다.

달라지는 건 아무 것도 없다.

주도권만 엠쇼에게 올뿐.

아니다.

이득 보는 집단이 한 부류 있다.

세달백일.

"고래 싸움에 세달백일만 이득을 보겠군요."

"그렇긴 하지만, 이건 피디님한테도 좋은 겁니다."

"왜요?"

"이번에 방청객 투표 점수가 대폭 내려가고, 심사위원 점수가 대폭 올라갔죠?"

"그건 또 어떻게 알았어요?"

"대충 계산을 해 봤죠. 아무튼 정말 조작과 관련된 자료가 공개됐을 때, 피디님한테 무죄의 증거가 생깁니다."

강석우 피디는 듣지 않아도 다음 말을 알 것 같았다.

"심사위원들이 현장에서 마음대로 심사하는 걸 연출자가 어쩌겠는가."

"……."

"난 세달백일이 더 잘하는 것 같아서 연출을 몰아준 사람이다. 어떻습니까?"

결국 강석우 피디는 두 손 두 발을 들 수밖에 없었다.

엠쇼 입장에서는 모르겠지만, 자신의 입장에서는 한시온의 말대로 진행되는 게 가장 예쁜 그림이다.

"한시온 씨. 대체 뭐 하는 사람이에요?"

"세달백일 리더죠."

"허, 참."

"아마 그래 봐야 8회, 9회 정도만 세달백일 편을 들어주면 될 겁니다. 10회 때는 테이크씬 편을 들어주면서 여지를 줘야죠."

"참나……."

어이없는 웃음을 터트린 강석우가 말을 이었다.

"한시온 씨 우리가 지난번에 나눴던 이야기 기억해요? 끈끈한 관계."

크리스 에드워드의 출연 협상이 난항을 겪을 때쯤 나눴던 대화.

"고 피디한테 출연료 이야기까지 했다면서요? 원하는 게 뭐예요?"

"끈끈한 관계입니다."

"우리? 이미 끈끈하잖아요. 솔직히 말하면 내가 스무 살짜리 참가자와 이런 이야기를 나눌 수 있을 줄은 몰랐는데?"

"프로그램 연출자와 프로그램 참가자 말고, 그 이상의 끈끈함을 말씀드리는 겁니다."

"아……. 빚을 하나 달아 놓고 싶다는 거네."

"꼭 그런 건 아닙니다만."

"아니긴 뭘. 근데 시온 씨, 그거 알죠? 마음의 빚은 무시하기 찝찝한 수준의 상대에게만 작용하는 거."

한시온이 씩 웃었다.

"당연히 기억하고 있습니다."

"그 빚, 이번에 까는 거예요."

"아직 저와 세달백일이 찝찝한 수준으로 가려면 멀었을 텐데요?"

"객관적으로는 그런데······."

주관적으로는 아니다.

이대로 한시온과 돌아서기에는 어딘지 찝찝한 마음이 들었다.

하지만 강석우는 더 이상 말을 보태지 않았고, 한시온은 말할 필요 없다는 듯 고개를 끄덕였다.

"엠쇼 블랙리스트에서 해제되면 언제든지 연락 주시죠. 강 피디님이 연출하시는 프로그램이면 무조건 출연하겠습니다."

"무조건? 번지 점프? 스카이다이빙?"

"······어지간하면."

"하하."

시원하게 웃은 강석우가 맥주를 들이키고는 물었다.

"최 대표랑은 언제 만나요?"

"내일 저녁에 뵙기로 했습니다."

"최 대표한테는 뭐라고 하려고?"

"글쎄요. 이야기를 한번 들어 봐야겠습니다."

"한시온 씨, 그거 알아요? 보통 이런 상황에서는 말을 잘해 봐야겠다고 해요."

한결같이 주도권 잡기를 좋아하는 사람이다.

두 사람은 맥주를 한 병 나눠마시고는 자리에서 일어났다.

강석우는 떠나는 한시온의 뒷모습을 보며 묘한 기분이 들었다.

우연히 만났던 두 사람은 커밍업 넥스트에서 암묵적인 계약을 맺었다.

결과는 좋았다.

자신은 한시온을 프로그램의 중심으로 세워 줬고, 한시온은 프로그램의 화제성을 어마어마하게 키워 줬으니까.

그리고 지금, 계약이 끝났다.

내일부터 한시온은 엠쇼의 블랙리스트에 오를 거고, 세달백일은 엠쇼와 라이언 엔터의 압박 속에서 살아남아야 한다.

그래도 한시온이 잘됐으면 좋겠다는 마음이 드는 건.

아마 자신이 엠쇼의 직원이기에 앞서서 프로그램의 연출자이기 때문일 것이다.

커밍업 넥스트는 지금껏 연출한 프로그램 중 최고였으니까.

한시온 덕분에.

* * *

강석우 피디와는 사석에서 만났지만, 최대호 대표는 아니었다.

최대호와의 약속 장소는 라이언 엔터다.

그렇게 라이언 엔터에 도착하니.

"정말 대표님과 약속이 잡힌 게 맞나요? 성함이 어떻게 되신다고요?"

출입구의 시큐리티가 날 위아래로 훑으며 의심의 눈초리를 보낸다.

헛웃음이 나온다.

최대호 대표는 참 이런 사소한 수작을 부리는 걸 좋아한다.

시큐리티가 날 모를 수는 있다.

엔터테인먼트사를 관리한다고 해서 꼭 콘텐츠 현황에 민감해야 하는 건 아니니까.

하지만 적어도 대표와 약속이 되었다는 사람을 이렇게 대할 리는 없다.

정말 내가 사생팬이나 사기꾼 같으면 쫓아냈을 거고, 그게 아니라면 위에 연락을 취했을 거다.

한데 지금 시큐리티의 태도는 어떤가.

나를 의심하는 듯 하지만, 막상 쫓아낼 마음이 없는 게 티가 난다.

즉, 이건 기죽이기다.

고작 TV 프로그램에서 뜬 것 가지고 온 세상이 네 것인 척 착각하지 말라고.

이 세상은 넓다고.

그런 이야기를 하려는 것이다.

만약 강석우 피디가 이런 짓을 했다면 한 번 참고 넘어가 줬을 수도 있다.

나와 강석우는 묵시적인 계약을 맺었고 서로의 역할을 충실하게 수행했지만, 먼저 계약을 깨트린 게 나니까.

게다가 커밍업 넥스트 피디가 강석우라서 편한 부분이 많았다.

그는 상대방의 사회적 지능이 본인과 비슷하다고 생각하면 존중하는 사람이니까.

하지만 최대호 대표는 아니다.

최대호 대표의 존재는 나에게 아무 의미도 없다.

심사위원석에 최대호가 아닌 더블엠의 대표나 NT의 대표가 앉아 있었어도 달라지는 건 없었을 거다.

그러니 미련 없이 시큐리티에게 인사를 하고는 돌아섰다.

"어, 저! 한시온 씨!"

뒤에서 시큐리티가 부르는 목소리가 들렸지만, 돌아보진 않았다.

심지어 달려와서 날 붙잡았음에도 내 마음은 변하지 않았다.

그렇다고 위에서 내려온 오더를 수행한 시큐리티에게 피해를 주고 싶지도 않았기에 적당히 둘러댔다.

"제가 날짜를 착각했나 보네요. 다시 약속을 잡고 오겠습니다."

물론 우리가 다시 만나는 일은 없을 거다.

솔직히 최대호 대표랑은 딱히 이야기를 나눌 필요가 없거든.

혹시라도 세달백일 멤버들에게 계속해서 압박을 가할까봐 교통정리를 하려던 거다.

그렇게 라이언 엔터를 떠나면서 최대호에게 문자를 보냈다.

[그동안 고생 많으셨습니다. 저희는 한동안 대립하겠지만, 그게 인간적인 증오가 아닌 비즈니스 논리라면 언젠간 웃으면서 인사할 날이 올 거라고 생각합니다. 건강하십시오.]

그래도 내가 더 오래 산 어른인데, 여유와 관용을 가지고 대해 줘야지.

답장은 생각보다 빨리 왔다.

대로로 나와서 콜 택시를 부르려는데 핸드폰이 진동했거든.

근데, 최대호 대표가 이런 스타일이었나?

[건방지게 굴지 말고 올라와라.]
[와서 속죄를 하든, 무릎을 꿇든, 내 눈을 보고 해.]

어……. 내가 그렇게까지 잘못한 건 아니지 않나?

사업가가 비즈니스 논리로 보복하는 건 이해하겠지만, 이런 태도는 좀.

생각해보면 난 최대호 대표에 대해서 아는 게 별로 없다.

방송용 가면을 벗고 사석에서 대화를 나눌 기회가 없었으니까.

그래서 좀 의외였다.

소속사 가수였던 블루나 후배라는 이창준을 대하는 걸 봐서는 아랫사람들에게 너그러운 타입 같았는데.

본인과 의견이 일치하는 사람들에게만 너그러운 건가?

그게 아니면 사회적 위치에 대한 허들이 강한 편인가?

종종 그런 CEO들이 있다.

부장은 선을 넘는 농담을 해도 웃어넘기지만, 과장이 사소한 농담만 해도 정색하는 사람들.

이런 사람들은 허들이 부장부터인 거다.

그 아래는 감히 자신에게 농담을 하면 안 되는 거다.

마치 카스트 제도처럼.

최대호에게 왠지 그런 느낌이 난다.

그런 생각을 하고 있는데 최대호에게 전화가 걸려왔다.

전화를 받자마자 쫙 가라앉은 목소리가 들린다.

-한시온. 지금 인기가 영원할 거라고 생각하고 건방 떠는 거면 실수하는 거다. 올라와.

흠. 맞는 것 같다.

이런 사람들은 아무리 합당한 이유를 들어도 설득되지 않는다.

본인의 뜻대로 되거나, 안 되거나. 둘밖에 없다.

그러니 내가 여기서 사과를 하든, 쌍욕을 퍼붓든, 테이크씬으로 돌아가지 않는 이상은 아무 차이도 없다는 것이었다.

그래도 회귀자 체통이 있는데, 쌍욕을 퍼부을 순 없지.

좀 열받게 하고 싶은데.

뭐 적절한 말 없나?

그때 한 문장이 떠올랐다.

지금 쓰이는 말은 아니고, 3년? 5년? 그쯤 뒤부터 쓰이는 말인데 무슨 뜻인지 나도 모른다.

그냥 한국인들이 많이 쓰는 걸 봤다.

"어쩔티비."

몇 년 뒤 트렌드를 알려 줬으니 고맙겠지?

* * *

회귀를 다룬 콘텐츠는 정말 많다.

소설, 영화, 만화 등등.

회귀 초창기에는 나도 그런 것들을 굉장히 열심히 봤다.

회귀자의 삶에 대한 아이디어를 얻기 위해서.

그리고 위안을 받고 싶어서.

온 세상 어디에도 날 공감해 주는 사람이 없는데, 작품 속 회귀자들과는 공감대를 형성할 수 있었으니까.

작품에서 영감을 받아서 직접 실현해 본 일들도 제법 있었다.

하지만 대부분의 회귀 콘텐츠에 불만을 가지고 있는 지

점도 있다.

바로, 투자다.

작품에서는 돈을 진짜 쉽게 버는데, 이게 현실에서는 그렇지 않다.

제일 어이없는 내용이, 몇십 배가 오를 주식에 몇십억을 넣어서 어마어마한 수익을 봤다는 거다.

현실적으로 말이 안 된다.

주식은 발행주의 수가 한정되어 있고, 시장에 풀려 있는 발행주는 그것보다 더 적다.

몇십 배가 오르는 주식이라면 이미 매집 세력이 전부 쥐고 있다.

물론 매일매일 어마어마한 금액을 퍼부어 매수를 시도할 수는 있을 거다.

나도 해 봤으니까.

그럼 어떻게 되는 줄 아는가?

작전 세력이 이게 뭔가 싶어서 물량을 다 떠넘기고 나가 버린다.

그 사람들도 컨트롤 안 되는 상황은 두려워하니까.

그러니 적절한 수량을 조절하지 않으면 말도 안 되는 상황에 놓일 수가 있다.

참고로 난 FBI한테 소환당해 본 적도 있는 사람이다.

높으신 분들이 장난치는 종목인 줄도 모르고 미래 지식

을 통해 거대한 시세 차익을 챙겼다가.

코인도 마찬가지다.

전 세계인이 거래하는 비트코인은 좀 예외기는 한데, 그래도 너무 많은 물량을 매집해 버리면…….

"……큼."

내가 좀 과몰입했나.

아무튼 하고 싶은 말은 돈이 불어나는 속도가 그렇게 빠를 수가 없다는 거다.

시장에 영향을 주지 않을 적절한 금액을 어마어마하게 많은 종목에 분산 투자해야 하니까.

그래도 내 재산은 순조롭게 불어나고 있었고, 세달백일 크루의 활동 자금으로는 부족함이 없다.

1년만 지나면 차고 넘칠 거고.

하지만 그전에 할 일이 있다.

최지운 변호사를 만나는 일이었다.

줄 것도 있고, 받을 것도 있다.

"잘 지내셨죠?"

"저야 잘 지냈죠. 한시온 씨는 매번 TV에서 봐서 안부가 안 궁금하네요."

"하하."

적당한 안부 인사 뒤로 본론을 꺼냈다.

우선 줄 건 수임료였다.

최지운 변호사에게 재산의 절반을 수임료로 주기로 했지만, 부동산 판매금은 매도 기간 때문에 딜레이 됐었거든.

"집이 벌써 팔렸어요?"

"아뇨. 안 팔았습니다."

"그럼 이 돈은요?"

"투자를 좀 했는데 큰 수익이 났거든요. 거기서 빼서 드리는 겁니다."

"……설마 전 재산을 한 곳에 투자했어요?"

"설마 그럴 리가요. 분산 투자했습니다. 그냥 운이 좋았어요."

"허, 참. 이게 운으로 벌 수 있는 금액이 아닌데."

그렇게 말하면서 계좌를 확인한 최지운이 눈을 크게 떴다.

본래 받아야 할 돈보다 훨씬 많은 금액이 입금되어 있었으니까.

"……표정을 보니까 잘못 보낸 건 아닌 것 같네요."

"네."

난 그 뒤로 세달백일과 라이언 엔터, 엠쇼 방송국과의 관계를 설명했다.

내 이야기를 주의 깊게 듣던 최지운이 물었다.

"뭔가를 부탁하려는 거죠?"

"네. 간단합니다."

"간단한 부탁을 할 금액이 아닌데요?"

"거래를 트는 기념이라고 생각하면 안 될까요? 종종 변호사님의 영향력을 빌리고 싶어서."

그래, 내가 최지운에게 받고 싶은 건 도움이다.

최지운 변호사는 대형 로펌에서 승소율 관리를 받을 정도로 어마어마한 백을 지니고 있다.

아버지는 검사장이고, 외할아버지는 대법원장이니 말 다했지.

연예계로 한정하자면 최대호 대표가 더 큰 영향력을 지녔겠지만, 사회 구조는 연결되어 있다.

최지운 변호사가 내 편이 되어 준다면 라이언과 엠쇼의 압박을 피해 원하는 바를 이룰 수 있다.

"부탁이 뭡니까?"

"연예부 협조 요청을 무시할 수 있는 부장급 이상의 사회부 기자가 필요합니다."

"……설마 커밍업 넥스트의 진실을 공론화해 달라는 겁니까?"

"아뇨. 그런 걸 원하는 게 아닙니다."

그건 지금 해서는 안 될 일이다.

세달백일 크루의 음악이 대중들의 머릿속에 완벽히 각인된 이후에나 노려 볼 일이다.

"그럼요?"

이어진 내 설명에 최지운이 눈을 크게 떴다.

"……그런 걸 하겠다고요?"

최지운은 진심으로 놀란 표정이었다.

뭐, 이해는 한다.

보통의 스무 살이라면 이런 선택을 할 리가 없으니까.

하지만 내가 보통의 스무 살이 아니라는 건 이미 알고 있지 않나?

"네. 그게 최선의 방법이라고 생각합니다."

"세달백일에게는 최선이지만……. 한시온 씨는요? 정말 괜찮아요?"

"저는 상관없습니다."

"세달백일이란 팀을 정말 좋아하는군요."

대답할 만한 말이 아니라서 웃고 말았다.

하지만 최지운은 깊은 감명을 받은 듯, 손톱으로 쇼파를 톡톡 두드리다가 입을 열었다.

"이 정도 돈을 받았는데 부장급이면 사기죠. 보도국장 정도면 어때요?"

"더할 나위 없죠."

보도국장이면 최고다.

그보다 좋은 건 최지운 변호사가 나와 이런저런 탐색전을 벌이지 않았다는 거다.

이건 어느 정도의 신뢰감이 형성됐음을 뜻하는 거니까.

난 그 후로 최지운과 이런저런 대화를 나누다가 로펌을 빠져나왔다.

6월 초밖에 되지 않았는데 푹푹 찌는 더위가 반긴다.

기상청에서는 곧 이례적인 초여름 폭염이 시작될 거라던데…….

너무 오랜 만에 겪는 한국의 계절 변화라서 그런지 진짜 적응 안 된다.

지난 수십 번의 회차 동안 난 2017년 6월을 뉴욕 아니면 LA에서 맞이했으니까.

아, 참. 그런 적도 있다.

내한 공연 때문에 한국에 왔는데, 뉴스에서 '전국적으로 큰 비가 내립니다.'라고 해서 깜짝 놀랐다.

미국에서 전국적으로 큰 비가 내리면 대홍수 아니면 아포칼립스일 거니까.

그래도 뭐, 이제 한국에 적응을 해야겠지.

세달백일과 닿을 수 있는 곳까지 가 보겠다고 다짐했으니까.

그런 생각을 하며 택시에 올라타 이현석 대표에게 전화를 걸었다.

-어, 시온아.

잠깐 안부 인사를 나누다가 본론을 꺼냈다.

"선배님. 혹시 오늘부터 바로 사용할 수 있는 연습실이 있을까요? 가격은 상관없고, 한 달 정도 이용할 것 같습니다."

-연습실? 누가 연습할 건데?

"세달백일이죠."

-촬영은……. 아 끝났다고 했지. 라이언 엔터에서 연습실 안 잡아 줬어?

역시 이현석도 자연스럽게 세달백일이 라이언 엔터와 계약을 한다고 생각하고 있었다.

이게 업계의 중론인 거고, 우린 그걸 거부한 사람들이다.

모든 사실을 알게 되면 이현석은 우리의 편을 들어주려나?

음, 들어줄 것 같다.

음악 산업계에 별 뜻이 없는 야인이니까.

그럼에도 불구하고 이현석은 의외로 업계에서 영향력을 발휘하는 사람이다.

당장 최대호의 영향력을 이겨 낼 정도는 아니지만, 최대호의 힘이 떨어질 때쯤 조커 카드로 쓸 수 있다.

조만간 무슨 일이 있었는지 이야기를 해 주고, 우리 편으로 만들어야겠다.

"촬영은 끝났어도 아직 방송이 끝난 건 아니라서요. 그 사이에 저희끼리 뭘 좀 해 보고 싶은데."

-아하. 그럼 안무 연습할 공간도 필요해?

"네. 가볍게요."

-그냥 A 스튜디오 써. 소파랑 옷장 쪽 치우면 그 정도 공간은 나올 거니까. 한 달간 스케줄 비워 놓을게.

뉘앙스가 공짜로 쓰라는 건데, 이건 좀 과한 호의다.

최신식 장비들이 가득한 A 스튜디오는 대여료가 상당히 비싸다.

그걸 한 달 내내 비워 놓는다면 LB 스튜디오 입장에서는 손해가 클 수밖에 없었다.

하지만 이현석은 내 말에 코웃음을 쳤다.

-시온아.

"네, 선배님."

-내가 저번에 그랬잖아. 인터넷 방송에서 번 돈 반씩 나누자고.

"네."

솔직히 말도 안 되는 제안이긴 했다.

이현석은 진짜 정치적인 감각이 없는 사람이긴 하다.

좋게 말하면 순수하고, 나쁘게 말하면 생각이 짧다.

내가 이현석의 개인 방송 수익을 받으면 어떻게 되겠는가?

그가 방송에서 하는 나에 대한 칭찬과 감탄이 '홍보'가 되는 거다.

우리는 그런 걸 광고라고 부른다.

시청자에게 밝히지 않으면 뒷광고라고 부르는 거고.

-그 돈이면 A 스튜디오 정도는 일 년 내내 빌릴 수 있을걸?

"그래요?"

-음, 아니다. A 스튜디오만 빌리는 거면 2년도 빌리겠는데?

생각보다 많이 벌었네.

그래도 이현석이 착하긴 하다.

"그럼 한 달만 조심히 쓰겠습니다."

-아냐. 더 오래 써도 돼.

"아닙니다. 그럼 오늘 바로 방문해도 되죠?"

-어어. 알바생한테 최대한 공간 크게 만들어 놓으라고 할게.

이현석과 전화를 끊고는 이번엔 부동산에 전화를 했다.

당분간은 LB 스튜디오를 쓴다고는 해도, 세달백일 크루의 작업실 겸 사무실을 구하긴 해야 한다.

"네. 역삼동으로 부탁드릴게요."

작업실은 무조건 우리 집 근처로 할 거다.

돈은 내가 내니까 이 정도는 할 수 있잖아?

* * *

LB 스튜디오로 세달백일 멤버들이 모여들었다.

촬영 협찬이 끝났기 때문인지 다들 자신의 취향이 반영된 옷차림이었다.

"재성아."

"네?"

"반바지가 너무 짧지 않니?"

"이게요?"

보수적인 집안에서 자란 이이온이 최재성의 옷차림을 보고 놀란 게 약간의 웃음 포인트였다.

"근데 시온이는?"

"이현석 대표님이랑 잠깐 이야기 좀 하고 온다던데요."

그렇게 세달백일 멤버들이 A 스튜디오에서 시간을 죽이고 있을 때, 한시온이 등장했다.

그리곤 네 개의 공책을 테이블 위에 올려놓았다.

"이게 뭐야?"

"일종의 오답 노트 같은 거죠."

"오답 노트?"

오답 노트가 시험을 본 다음에 틀린 문제들을 정리하는

노트라는 걸 모르는 사람은 없었다.

오늘부터 연습을 시작한다고 했으니, 연습에서 아쉬운 걸 기록하라는 걸까?

하지만 아니었다.

"지금 이걸 쓰진 않아요."

"그럼?"

"때가 되면 알게 될 거예요. 노트 표지에 이름만 적어서 여기 놔둘 거고, 여기엔 아무나 글을 쓸 수 있어요."

"아무나?"

"네. 구태환에게 아쉬웠던 걸 재성이가 쓸 수 있다는 거죠."

"……?"

여전히 한시온이 무슨 그림을 그리고 있는지는 이해하지 못했지만, 세달백일 크루는 그러려니 했다.

한시온이 이해할 수 없는 소리를 하는 게 한두 번이 아니니까.

게다가 군말 없이 따르다 보면 멋진 순간과 조우할 것이라는 믿음도 있었다.

그렇게 정체를 알 수 없는 오답 노트가 테이블 위에 올려진 채로 연습이 시작되었다.

첫 번째 연습은 간단했다.

각각의 멤버들이 커밍업 넥스트에서 불렀던 노래를 한

번씩 불렀다.

시간의 흐름대로 불렀으니, 한시온의 입장에서는 이런 순서였다.

새벽의 끝을 두고-장난친 적 없어-가로등 아래서 Remake-서울 타운 펑크-갈림길-세달백일.

B팀 선발전은 제외하고, 세달백일이 결성된 이후의 노래만 불렀기에 6곡.

그중 개인곡이 3곡이었고, 단체곡이 3곡이었다.

그럼에도 불구하고 모든 멤버들이 노래를 부르기 위해서는 18곡이나 불러야 했기에, 상당히 오랜 시간이 소요됐다.

남들이 본다면 썩 재미있는 연습은 아니었을 거다.

하지만 세달백일 멤버들은 그 순간에 대한 추억이 있기 때문에 꽤 즐겁게 연습을 소화했다.

"와, 근데 다들 정말 실력이 많이 늘었네요."

"세달백일 무대 준비하면서 뭔가 깨달은 거 같아."

"저도요."

특히 온새미로와 이이온의 발전이 눈부셨다.

그렇게 노래가 한 바퀴 돌았을 때, 이번엔 한시온이 새로운 이야기를 꺼냈다.

"이번에는 개인 곡을 두 명이 부르는 식으로 파트를 나눠 보죠."

"어떻게?"

"아무렇게나. 그냥 대충 짜도 돼. 나랑 같이 새벽의 끝을 두고 부르고 싶은 사람?"

구태환이 손을 번쩍 들었고, 뒤늦게 최재성이 들었다.

"태환이가 더 빨랐어. 이건 나랑 태환이가 부르고……. 드롭 아웃의 Remind 부르고 싶은 사람?"

드롭 아웃의 〈Remind〉는 구태환이 명동의 노래방 미션에서 불렀던 곡이었다.

이번에 모든 멤버들이 손을 들었지만, 온새미로가 가장 빨랐다.

"오케이. 구태환, 온새미로."

그렇게 한참 파트를 나눈 뒤로 연습이 시작되었다.

연습이라고는 하지만 각 잡고 노래를 부른 건 아니었다.

한쪽에서는 한시온과 구태환이 노래를 부르고, 한쪽에서는 이이온과 온새미로가 노래를 부르고 있었으니까.

무대를 꾸미기보다는 파트를 분배하고 합을 맞춰 보는 느낌에 가까웠다.

게다가 멤버 수가 다섯이다 보니 필연적으로 놀고 있는 이가 생길 수밖에 없었다.

그래서 하릴없이 앉아 형들을 구경하고 있던 최재성은 내심 고개를 갸웃하고 있었다.

'이런 건 시온 형의 연습 스타일이 아닌데?'

최종 경연 무대였던 〈세달백일〉을 준비하면서 팀원들은 한시온의 무자비함에 덜덜 떨었었다.

한시온은 최재성이 만나본 그 어떤 트레이너보다 빡센 완벽주의자였다.

"달콤한 맛이 코끝에 맴돌아. 여기 다시 불러 봐."

"달콤한 맛. 여기까지만 불러 봐."

"뭐 해? 뒤에도 부를 수 있지만 거기서 끊으라는 거야. 정말 '달콤한 맛'만 딱 부를 생각을 하면 안 되지."

"달콤한. 불러 봐."

"달, 첫 음 잡아 봐."

"왜 돨이라고 발음해? 돨콤한이야?"

"달콤흐안은 아니지. 음을 분리하니까 '맛이' 들어가는 박자가 살짝 느리잖아."

지금 생각해 봐도 소름이 끼친다.

더 어이없는 건, 막상 시온 형은 본인이 굉장히 친절하게 가르쳐 주고 있다고 착각하고 있었다.

아니, 친절한 게 맞긴 하다.

헷갈릴 부분이 존재하지 않은 자세하고 정확한 가이드라인을 줬으며, 못하면 할 수 있을 때까지 도와줬으니까.

하지만······.

'너무 무서웠다고!'

분위기가 너무 무섭다.

객관적으로 한시온은 무섭게 생긴 사람은 아니지만, 서늘하게 생긴 사람이다.

새하얀 피부 위의 크고 새까만 눈동자로 자신을 응시하고 있으면, 절로 긴장이 된다.

그러다가 '왜 이걸 못하지?'라는 생각을 하는 것 같으면 침이 절로 삼켜지고.

온새미로와 같은 방을 썼던 최재성은 온새미로가 잠꼬대를 하는 걸 들은 적도 있다.

"베, 벤딩! 벤딩! 할 수 있어! 잘할게!"

대체 무슨 꿈을 꾸는지 모르겠지만, 시온 형에게 하는 말이라는 건 알겠다.

그런 압박 면접을 통과하고 무대를 꾸몄던 게 세달백일이었다.

솔직히 말하자면 2,000명의 관객 앞에서 노래를 부르는 게 훨씬 쉬웠다.

시온 형이 빤히 쳐다보고 있는 것과 비교하면.

그래서 이상하다.

지금처럼 대충 대충 파트를 나누고 적당히 노래를 부르는 건 시온 형의 스타일이 아니니까.

게다가 심각하게 음이 나가는 게 아니면 지적도 없다.

'무슨 생각인 건지.'

그때 한시온이 최재성을 불렀다.

이번엔 안무 없이 서울 타운 펑크를 불러 보자고 한다.

"안무 없으면 뭐해요?"

"마음대로 해. 가만히 있어도 되고, 제스처를 취해도 되고. 그냥 관객이 있다고만 생각해."

한시온의 말에 고개를 끄덕인 세달백일 크루는 〈서울 타운 펑크〉, 〈갈림길〉, 〈세달백일〉 세 곡을 안무 없는 버전으로 연달아 불렀다.

그렇게 연습이 끝났다.

좀 허무하게 끝난 연습에 온새미로가 입을 열었다.

"시온아, 내일 연습도 이거 해?"

"아니. 내일은 다들 애창곡 4개 준비해 와요. 한국 노래로 2개, 외국 노래로 2개."

"왜?"

"며칠 뒤면 알게 될 거예요."

다음날 연습도 비슷한 느낌으로 진행되었다.

애창곡들을 한 번씩 부르고, 파트를 분배하고, 연습을 했다.

첫날보다 덜 익숙한 노래라서 약간의 피드백이 있긴 했지만, 완벽주의자의 피드백은 아니었다.

"내일도 새로운 곡을 준비해 와?"

"아뇨. 지금까지 부른 곡들로 연습만 할 거예요."

그렇게 3일이란 시간이 흘렀다.

평소처럼 오후 1시에 LB 스튜디오에 모인 멤버들은 당황스러운 소식과 마주했다.

"오늘 공연 3개 있습니다."

"뭐?"

* * *

언더그라운드 혹은 인디펜던트.

이런 단어들은 흔히 비주류 뮤지션들을 지칭하는 단어로 쓰이곤 했다.

TV에 출연하지 않고, 독립적인 음악을 하는 이들.

소속사의 기획 없는 셀프 메이드를 추구하는 이들.

하지만 이런 비주류의 세계조차 주류와 비주류가 갈리는 게 실제 인디 씬이었다.

SNS 팔로워가 몇 천이고, 단독 공연에 4~500명을 불러 모을 수 있는 밴드도 인디 뮤지션이다.

10팀이 모여서 합동 공연을 해도 관객 10명이 안 오는 (지인 제외) 밴드들도 인디 뮤지션이다.

매스 미디어에 얼굴을 비추지 않으면 모두 인디 뮤지션으로 분류되는 것이었다.

그러니 언더의 언더라든가 인디의 인디라는 우스운 단어도 종종 쓰이는 것이고.

오늘 오후 6시 합정의 〈브라운 베이직〉이라는 소규모 공연장에서 벌어지는 공연도 딱 이런 식이었다.

인디 씬 중에서도 인디 뮤지션들이 모인 합동 공연.

호스트 6팀이 대관비를 나눠 냈고, 인맥으로 게스트 1팀을 섭외했다.

게스트라고 해도 거창한 건 아니었다.

홍대 밴드 씬에서 약간의 인지도가 있는 〈제로 슈가〉를 섭외한 것이었다.

그래서 이번 공연의 포스터에는 〈Special Guest : ??〉이라는 문구가 적혀 있었다.

만약 제로 슈가가 진짜 유명한 팀이었다면 이름을 크게 박았을 것이었다.

스페셜 게스트로 누가 오니까 제발 우리 공연 좀 와 달라고 읍소하는 식으로.

하지만 게스트에게 그 정도 인지도가 없다면, 보통 주

최측은 랜덤 박스 마케팅을 선택한다.

누가 오는지는 안 알려 주지만, 스페셜 게스트가 있어.

혹시 관심 있으면 한번 와 보든가.

이런 식으로 호기심을 자극하면 종종 티켓을 사는 이들이 나타난다.

또한 관객들이 공연을 끝까지 보게 만드는 효과도 있었다.

호스트들의 공연이 좀 재미없더라도 스페셜 게스트가 누군지 궁금하니까.

그러니까 이런 식의 상황도 가능했다.

"형, 오늘 못 와요?"

―어. 진짜 미안. 근데 대신 우리보다 훨씬 유명한 애들이 게스트로 가기로 했거든? 공연 타임은 똑같이 소화할 거야.

"누군데요?"

―비밀로 해 달라고 하더라고. 서프라이즈 하고 싶다고.

고등학교 시절 같은 밴드부였던 인맥으로 제로 슈가를 섭외했던 유창섭이 입술을 말아 올렸다.

유쾌해서가 아니라 어이가 없어서.

등장으로 서프라이즈를 하려면 사람들이 첫눈에 알아보거나, 음악을 듣자마자 알아차려야 한다.

한데 그런 이들이 제로 슈가의 땜빵으로 올 이유가 없지 않은가.

페이도 없이 인맥으로 섭외된 공연인데.

'아, 몰라.'

결국 유창섭은 제로 슈가의 메인보컬에게 딱 한 가지만 물어봤다.

"진짜 형들보다 유명해요?"

-무조건 유명해. 만약에 우리보다 안 유명하잖아? 내가 너한테 천만 원 줄게.

"에이, 형한테 천만 원이 어디 있어요."

-그만큼 안 줘도 된다는 말이지.

결국 이창섭은 고개를 끄덕였다.

누군진 모르겠지만 제로 슈가보다 유명하다면 됐다.

어차피 스페셜 게스트의 역할은 딱 그런 거니까.

"팀 이름이 뭔데요?"

-비밀이야.

"아, 진짜. 그럼 리허설은요?"

-안한대. 아, 걔네 밴드 아니야. 악기 세팅 필요 없어. 엠알은 현장에서 USB로 준다더라.

밴드가 아니라는 말에 유창섭의 머릿속에 래퍼나 댄스 크루의 이미지가 떠올랐다.

2017년 현재 밴드 인디 씬은 뒤졌지만, 힙합 언더 씬은

활황이다.

쇼미왓유갓 때문에.

유투브에 안무 퍼포먼스로 동영상을 올려서 인기를 얻은 댄스 크루들도 있다.

'아, 춤은 아니겠구나.'

생각해 보니까 오늘 공연장인 브라운 베이직은 무대가 협소한 편이다.

밴드 사운드용으로 세팅된 스피커를 다 치운다면 2~3명 정도는 춤을 출 수 있겠지만, 지금 무대에서는 한 명이 제대로 춤추기도 좁다.

아무래도 래퍼가 맞는 것 같다.

-오늘 티켓 몇 장 팔렸냐?

"18장이요."

-지인 빼고? 왜 이렇게 많이 팔렸어.

"누구 고등학교 후배들이 대여섯 명 왔대요."

-그럼 대충 지인 포함해서 서른 명 정도 있겠네?

"네. 대충요."

-와, 걔네들 복 받았네. 계 탔다.

제로 슈가 보컬이 그렇게 떠들어 댔지만, 유창섭은 적당히 대답하고는 끊었다.

이제 공연 준비를 해야 하니 바빠서.

그렇게 딱 6시가 됐을 때 공연이 시작되었다.

공연의 큐시트는 심플했다.

총 공연 타임은 120분.

그 중 호스트 6팀이 15분씩 90분을 책임진다.

하지만 막상 공연을 하다 보면 조금씩 딜레이될 수밖에 없어서 아마 100분쯤 걸릴 것이다.

그리고 남은 시간은 스페셜 게스트가 책임진다.

길면 30분이고 짧으면 20분 정도 되는 시간일 거다.

그렇게 공연이 시작되었다.

유창섭이 속한 밴드의 순서는 5번째였다.

"감사합니다!"

"감사합니다!"

공연은 나쁘지 않았다.

관객이 서른 명이 넘는 공연은 오랜만이었고, 호응도 꽤 괜찮았다.

다음 순서는 오늘 티켓 판매의 일등공신인 〈이브닝 프로미스〉.

고등학교 후배들을 동원한 팀이라서 마지막 순서가 배정되었다.

얘네가 앞 순서로 나와 버리면 관객들이 이브닝 프로미스 공연만 보고 우르르 퇴장할 수도 있으니까.

'쟤네가 아이돌 빠돌이들이었지?'

사실 이브닝 프로미스는 얼마 전에 무슨 아이돌 그룹의

곡을 커버해서 인터넷에 업로드를 했었다.

그게 조회 수가 나름 나와서 인지도가 좀 생긴 걸로 아는데, 솔직히 좀 우습다.

명색이 인디 밴드를 한다는 놈들이 아이돌 곡이나 커버하고 있으니까.

그렇게 이브닝 프로미스의 공연이 시작되었고, 유창섭은 살짝 민망해졌다.

'좀 치네.'

연주가 제법 괜찮았으니까.

그때쯤 공연에 몰입해 있던 유창섭은 뒤늦은 의문을 떠올렸다.

'스페셜 게스트는? MR은 전달했나?'

브라운 베이직은 작은 공연장 치고는 드물게 아티스트 대기실이 있다.

그리고 사장님이 사운드를 봐주시는데, 옛날에 나름 유명하셨던 분이다.

지금도 아티스트 대기실 입구 쪽 믹서에 앉아 있는데, 가서 게스트가 왔는지 물어봐야 되나 싶었다.

혹시나 싶어서 아티스트 대기실 쪽을 봤는데, 관객석에서는 전혀 보이지 않는 각도였다.

아무래도 불안해서 대기실로 가 보려는데, 이브닝 프로미스의 공연이 딱 끝났다.

"감사합니다! 이브닝 프로미스였습니다!"

이브닝 프로미스를 보러 온 이들이 큰 환호를 내지른다.

그렇게 이브닝 프로미스가 떠나고 텅 빈 무대 위로 곧장 MR이 흘러나오기 시작했다.

유창섭은 그제야 마음을 풀었다.

MR이 나온다는 건, 스페셜 게스트가 왔다는 소리니까.

한데……

이상하게 MR이 익숙한 것 같다.

어디서 굉장히 많이 들어 본 음악이다.

'아, 가로등 아래서?'

한국 노래를 잘 듣진 않지만, 이 노래는 모를 수가 없다.

길거리에서 너무 많이 나왔으니까.

이브닝 프로미스가 커버했던 노래도 이걸로 안다.

커버 버전이 있고, 리메이크 버전이 있고 뭐 그랬는데, 그거까진 잘 모르겠고.

근데 왜 이 MR이 나오는 걸까?

오늘 게스트가 부르는 노랜가?

자작곡이 아니라 유명곡을 커버하는 건가?

그러면 래퍼는 아니란 소린데?

그때 무대 위로 모자를 푹 눌러 쓴 한 남자가 등장했다.

무대 위는 어두컴컴했고, 남자는 모자를 쓰고 있었다.

얼굴은 보이지 않고, 보이는 거라고는 턱선과 몸의 실루엣 정도.

근데 잘생겼을 것 같다.

뭔가 느낌이 그렇다.

키도 크고.

그 순간, 남자가 마이크를 잡고 입을 열었다.

회색빛 골목 끝 어딘가-
주황색, 가로등 아래서

목소리가 좋다.

좋아도 너무 좋다.

도입부만 들어도 노래를 잘하는 사람이라는 걸 알 수 있다.

그것도 아마추어 느낌이 아니라, 프로 느낌으로.

그 순간, 객석 어딘가에서 꺅! 하는 비명이 터졌다.

사람들이 뭔가 싶어서 쳐다봤는데, 여고생쯤으로 되어 보이는 관객이 입을 틀어막고 있었다.

색이 덜 번진 채 깔린
그림자는 왜, 주황색

점점 웅성거리는 관객들의 반응이 커진다.
'뭐야, 진짜 유명한 가수인가?'
그때 무대 위의 남자가 검지를 들어서 '쉿'하는 포즈를 취했다.
조용히 음악에 집중해 달라는 거다.
노래가 계속되었다.
이윽고 유창섭은 관객들이 왜 웅성거렸는지 알 것 같았다.
저 사람, 누군지는 모르겠지만 원곡을 모창하고 있다.
거의 비슷하게 들려서 관객들이 착각한 거다.
원곡 가수가 온 게 아니냐고.
하지만 유창섭은 고개를 절레절레 저었다.
'아이돌이 여길 왜 오냐고.'
게다가 설령 왔다고 해도 저런 실력은 아닐 거다.
가로등 아래서는 괜찮은 노래였던 것 같지만, 후보정을 엄청나게 했을 거다.
아이돌이 라이브로 저 정도를 뽑아 낼 수가 없다.
아무래도 모창 같은 걸 콘텐츠로 삼는 유튜버가 아닐까 싶다.

자신은 그런 영상들을 잘 안 보니 모자를 벗어도 누군지 모르겠지만, 알아볼 사람도 있을 거다.

그러니까 제로 슈가가 그런 말을 했던 거고.

그사이, 노래는 어느새 후렴을 향해 나아가고 있었다.

아주 잠깐만 걸으면,
너와 내가, 머물던
그곳, 그곳, 거기에--

그나저나, 정말 잘 부른다.

브라운 베이직이 음질이 나쁜 곳은 아니지만, 그렇게 좋은 곳도 아니다.

정확히 말하자면 밴드의 연주를 선보이기에는 썩 괜찮았는데, 보컬들에게는 살짝 불리했다.

게다가 리허설도 안 했으니까 기본 마이크 세팅일 텐데…….

굉장한 실력자다.

그 순간, 갑자기 무대 위에 주황색 조명이 탁 켜졌다.

어두컴컴했던 무대가 확 밝아졌지만, 공연자도 몰랐던 이벤트인 듯하다.

살짝 놀라서 사운드 엔지니어를 보고 있는 브라운 베이직의 사장님을 쳐다보는 게 보인다.

사장님은 씩 웃으면서 엄지를 들어 올리고 있었고.
그렇게 마침내 노래가 후렴의 도입에 닿고.

너와, 내가-
가로등- 아래서-!

노래방에서 한 번쯤은 이 노래를 불러 보게 만든 후렴이 터졌다.

여기서——!

굉장한 성량이었다.
하지만 그것보다 먼저 들리는 건.
"꺄아아아아아악!"
이브닝 프로미스의 후배들이라던 여고생들의 고함 소리였다.
무대 위의 남자가 모자를 벗었으니까.
어딘지 서늘한 인상을 주는 하얀 얼굴이 드러난다.
고음을 터트리고 있지만, 눈은 호선을 그리며 웃고 있다.
그 모습이 꽤 인상적이었다.
유창섭은 솔직히 저 잘생긴 남자가 누군지 몰랐다.

하지만, 관객들의 반응을 보면 더는 모를 수가 없었다.

"한시온이다!"

사람들이 소리를 질렀으니까.

하지만 한 번 더 후렴이 터지는 순간, 이내 사람들의 반응은 거짓말처럼 가라앉았다.

마법처럼 다가온 선물을 만끽하고 싶다는 듯.

그렇게 노래가 끝나자 한시온이 큼큼 헛기침을 하더니 객석을 가만히 쳐다봤다.

아무 것도 안 했는데 사람들의 비명이 터진다.

'씨발, 부럽네.'

잘생겼고, 유명하고, 노래도 잘 부른다.

솔직히 노래 실력은 못 까겠다.

근데 뭔가 아니꼬웠다.

무명 인디 뮤지션의 배배 꼬인 심보라는 걸 알고 있었지만, 그런 생각이 드는 걸 멈출 수가 없었다.

그때 무대 위의 한시온이 입을 열었다.

"안녕하세요. 세달백일의 한시온입니다."

더 거대한 환호성이 터진다.

고작 서른 몇 명이 내지르는 거라고는 상상할 수 없을 정도로.

"원래 이 노래를 두 명이서 부르려고 했는데, 그 친구가 긴장된다고 저한테 오프닝을 떠맡겼어요. 나쁘죠?"

"안 나빠요! 너무 좋아요!"

"세달백일 좋아하세요?"

"네!"

소규모 인디 공연장은 관객들과 표정을 읽을 수 있을 정도로 가깝기에 종종 토크를 하는 경우도 있었다.

이런 건 아이돌이 경험하기 힘든 인디 문화의 매력이다.

하지만, 한시온은 말도 안 되게 능숙했다.

소리를 지르는 여고생을 조련하더니, 마침내 약속을 받아 냈다.

앞으로 어떤 노래를 부르더라도 한시온이라는 이름만 크게 외쳐 주기로.

이게 뭔가 싶은 순간, 조명이 어두워지며 MR이 흘러나오기 시작했다.

이번엔 유창섭도 정확히 알고 있는 노래였다.

빌보드에서 핫한 R&B 싱어 레이지 보이의 〈Slow Down〉.

그 순간, 아티스트 대기실에서 두 명의 남자가 튀어나와 마이크를 잡았다.

한 명은 좀 놀게 생겼고, 한 명은······.

'미친, 얼굴이 저게 뭐야.'

말도 안 되게 잘생겼다.

구태환과 이이온이었다.

* * *

합정의 브라운 베이직이란 곳에서 진행된 공연은 생각보다 나쁘지 않았다.

나는 이런 공연이 익숙하다.

특히 GOTM으로 활동하던 초창기에는 늘 1~2년 정도 언더그라운드 클럽을 전전했었다.

언더그라운드를 스킵할 능력이 없어서가 아니다.

내가 가진 미래 정보와 막대한 돈, 히트가 보장된 자작곡들을 활용한다면 언더그라운드를 스킵하고도 핫 샷 데뷔를 할 수 있다.

하지만 때론 건너뛰면 안 될 과정도 있다.

난 유색인종이고, 밴드 문화의 팬들이 색안경을 쓰고 보기 딱 좋은 포지션의 보컬이니까.

그래서 그들과 문화적 동질감을 형성할 필요가 있다.

LA의 지하 클럽에서 인종 차별을 당해 가며 친구들과 언더그라운드를 전전했다는 스토리가 필요하다.

그래서 일부러 처음에는 그저 그런 곡을 연주하기도 한다.

'처음 올라간 무대에서는 관객들의 야유를 받았지만,

그들을 매료시키는 데 필요한 시간은 1년이었다.' 같은 문장이 롤링 스톤지에 공신력 있게 실려야 하니까.

게다가 밴드 문화도 나름 성골과 진골이 있다.

성골은 언더그라운드 클럽을 순수한 실력으로 뚫어 낸 이들.

진골은 매니지먼트의 힘으로 처음부터 기획된 아이돌 밴드.

한국만 아이돌 시스템이 있는 게 아니다.

미국도 있다.

사실 한국 엔터테인먼트들의 기획 & 하드 트레이닝 시스템의 원조도 모타운 레코드다.

모타운이라는 장르를 만들어 버린 전설적인 레이블.

이야기가 좀 샜는데, 밴드 문화권에서 성골로 인정받기 위해 언더그라운드 클럽을 전전한 경험이 많다는 거다.

그에 반해 세달백일 멤버들은 이런 경험이 처음이었다.

처음 공연을 간다고 했을 때부터 패닉이더니, 구태환과 함께 부르려던 가로등 아래서 리메이크 버전도 나 혼자 불러야 했다.

제발 오프닝만 해 달라고 하더라고.

그래도 내가 성공적으로 오프닝을 열어서 그런지, 그 뒤부터는 나름의 실력을 발휘했다.

아쉬운 부분도 많았지만, 첫술에 배부를 순 없으니까.

그렇게 공연이 끝나니, 관객들이 우리에게 우르르 몰려와서 사진과 사인을 요청했다.

"우와……."

이이온의 실물을 보면서 감탄하는 사람들이 진짜 많기도 했고.

"이거 인터넷에 올려도 돼요?"

"그럼요. 얼마든지 올리셔도 돼요."

"오늘 공연은 어쩌다가 오게 된 거예요?"

"원래 게스트로 예정된 분들이 사정이 있어서 불참했는데, 이현석 대표님이 인디 씬을 한번 경험해 보면 좋겠다고 해서요."

"와, 그러면 원래는 스페셜 게스트가 세달백일이 아니었던 거예요?"

"네. 오늘 갑자기 결정됐어요. 그래서 셋 리스트도 없었고. 좀 허술했죠?"

"아뇨! 아뇨아뇨! 아뇨아뇨아뇨!"

한 번만 말해도 되는데.

내가 방금 한 말은 절반만 사실이다.

얼마 전에 이현석 대표에게 게스트를 설 만한 인디 공연을 최대한 많이 잡아 달라는 부탁을 했었다.

페이를 받지 않는 대신, 세달백일 이름을 포스터나 홍

보에 활용하지 말아 달라고 부탁했고.

그래서 내가 이번 달에 잡아 놓은 공연만 벌써 13개다.

더 잡을 수 있으면 잡을 거고.

다만, 지금 소화한 공연은 진짜 갑작스럽게 잡혔다.

어떤 밴드가 일정상 오늘 무대를 취소해야 했는데, 이현석이 그걸 알고 잡아 준 거다.

첫 무대는 좀 작은 데서 해 보는 게 어떻겠냐면서.

마침 예정된 공연장과 거리가 멀지 않다면서.

훌륭한 도움이었다.

다음 무대는 그래도 관객이 200명 단위인데, 세달백일 멤버들이 무대를 망칠 수도 있다.

가수가 발산해야 하는 느낌이 큰 공연과 작은 공연은 완전히 다르니까.

"죄송하지만 저희가 다음 일정이 있어서요! 전부 감사했습니다!"

"감사합니다!"

그렇게 공연장을 떠나려는데, 우리 앞 타임에 공연을 했던 〈이브닝 프로미스〉가 뒤늦게 자신들의 악기를 가져와서 사인을 요청했다.

매직을 사 오느라 좀 늦었다고.

우리 곡을 커버해서 올린 적도 있고, 엄청난 팬이라고 했다.

악기에 사인을 요청할 정도면 진짜 팬인가 보다.

좀 신기하네.

인디 씬에 이 정도 팬이 있을 줄은 몰랐는데.

"다음에 또 뵈면 좋겠네요."

그렇게 말하고 공연장을 빠져나와 골목에 세워 둔 차에 올라탔다.

"흐어."

"와······."

"어우······."

차에 올라타자마자 멤버들이 한숨을 내뱉는다.

이제야 긴장이 풀린 모양이었다.

"다들 재밌었죠?"

"재미는 있었는데······. 우리가 어떻게 했지?"

"나 서울 타운 펑크 부를 때 춤 췄던 것 같은데."

"걱정 마요. 어차피 다 모니터링할 거니까."

"응? 촬영을 해 놨어?"

"네."

관객 중에 내가 고용한 아르바이트생이 두 명이나 있었거든.

"소감이나 피드백 같은 건 가서 오답 노트에 적을 거니까, 일단 좀 쉬어요."

"그럼 그때 말한 실전이······."

"네. 맞아요."

"왜 미리 안 알려 줬어?"

"낮에 알려 줬잖아."

"며칠 전에 알려 줄 수도 있었지 않나?"

온새미로의 질문에 어깨를 으쓱했다.

물론 그게 어려운 일은 아니다.

3일 전에 앞으로 우리가 공연을 시작할 거라는 이야기를 해 줬다면, 셋 리스트를 더 촘촘히 짤 수도 있었을 거다.

하지만 내가 원하는 건 준비가 된 무대에서만 실력을 발휘하는 게 아니다.

"저희가 앞으로 언제 어디서 실력을 발휘해야 할지는 저도 몰라요."

분명 기회가 올 거다.

난 그런 기회를 만들 정도로 능력 있는 사람이니까.

하지만 엠쇼와 라이언이 눈을 시퍼렇게 뜨고 있는 상황에서 예고된 기회가 찾아오진 않을 거다.

분명 갑작스럽고, 급박하게 맞이할 거다.

그 기회를 잡는 건 나 혼자서 할 수 있는 게 아니라, 우리가 할 수 있는 거다.

"그런 의미에서 지금까지 우리는 너무 기획된 무대만 섰어요."

커밍업 넥스트는 사소한 미션을 제외하면 하나의 무대를 갖는 데 최소 5일에서 최대 보름까지의 시간을 제공했었다.

멤버들 본인은 모르는 것 같지만, 그렇기 때문에 안 좋은 습관도 있다.

연습을 실전처럼 하려고 노력하지만, 연습과 실전에서 태도 차이가 꽤 크다.

비틀즈는 무명 시절 함부르크에 공연을 다닐 때 하루에 12시간씩 연주를 했었다.

오죽하면 살인적인 스케줄을 견디기 위해 맥주와 각성제를 물과 안주처럼 삼켰다고 한다.

인기를 얻고 리버풀로 돌아와서도 최소한 저녁 7시에서 새벽 2시까지는 연주를 했다.

비틀즈의 성지로 유명한 캐번 클럽에서.

그러니까 이런 과정은 꼭 필요하다.

당장 GOTM 멤버들도 지옥 같은 클럽 생활을 청산하면 이런 말을 하곤 했으니까.

"오 마이 갓! 하루에 3시간만 공연하면 된대!"
"말도 안 돼! 고작 그거 일했는데 돈을 이렇게 많이 준다고!"

난 그만큼 세달백일에게 언더그라운드 생활이 필요하

다고 생각한다.

우린 꽤 오랫동안 거대 자본을 등에 업은 인력이 붙은 기획 무대에 서지 못할 거니까.

"본질을 다듬자, 이거죠."

나름 의미 있는 일장연설을 끝냈다고 생각했는데, 최재성이 한마디로 정리했다.

"시온 형이 갑자기 꼰대가 됐어요."

"……."

이래서 요즘 애들이 문제다.

나 때는 말이야.

언더그라운드 클럽에서 공연을 하다가 관객이 던진 바나나를 맞아 본 적도 있다.

그걸 먹으면서 해리 벨라폰테의 〈Banana Boat〉를 즉석에서 편곡해 부르니까 바나나를 던진 놈이 와서 사과하더라.

난 사과를 받아 주려고 했는데, 그놈 얼굴에 누가 주먹을 날렸었는데.

누구더라.

앤드류 건이었나, 데이브 로건이었나.

"……."

갑자기 기분이 다운된다.

내 기억 속에는 GOTM과의 일화들이 생생한데, 이 세상 누구도 기억하지 못하고 있으니까.

아마 시간이 흐르면 세달백일과도 마찬가지가 되겠지.

"다음 공연은 홍대 〈로치〉에요. 여긴 관객이 300명쯤 된다니까, 좀 더 잘해 봅시다."

난 그렇게 말하고 차에 시동을 걸었다.

운전면허가 나 밖에 없어서 당분간 세달백일 크루의 로드 매니저는 나 혼자 해야 할 것 같다.

* * *

세달백일은 인디 씬의 공연을 소화해 나가기 시작했다.

첫날 공연은 천국과 지옥을 오가는 일정이었다.

합정의 〈브라운 베이직〉에서 진행된 공연은 좋았지만, 그 다음 〈로치〉에서 진행된 공연은 최악이었다.

로치 공연은 〈얼죽아〉라는 밴드의 단독 공연에 게스트를 선 것이었는데, 팬들이 세달백일을 별로 반기지 않은 것이었다.

여기에는 나름 합당한 이유가 있었다.

얼죽아의 리더이자 기타리스트는 18살에 아이돌로 데뷔를 했다가 노예 계약으로 7년을 허비한 사람이었다.

애당초 처음 회사랑 계약을 한 것도 밴드를 시켜 준다

고 해서였는데, 막상 아이돌로 데뷔를 하게 됐고.

이런 상황이다 보니 얼죽아의 팬들이 현재 핫한 아이돌인 세달백일을 썩 유쾌하게 반기지 않은 것이었다.

그리고 한시온은 이 사실을 이현석에게 들어서 알고 있었다.

이현석은 얼죽아의 공연은 안 가는 게 좋겠다고 했지만, 한시온이 강행했다.

차가운 시선 앞에서 노래를 부르는 경험도 필요하니까.

결과적으로 멤버들은 식은땀을 흘려 가며 노래를 했고, 평소 실력의 절반도 발휘하지 못했다.

다만, 의외의 모습을 보여 준 사람도 있었다.

온새미로였다.

종종 타인의 비난에 위축되는 모습을 보이던 온새미로였지만, 이번에는 좀 달랐다.

당당하게 노래를 불렀고, 지닌 바 실력을 발휘했다.

한시온은 말할 것도 없었고.

그렇게 한시온과 온새미로가 너무 뛰어난 실력을 보이자, 얼죽아의 팬들도 나중에는 좀 유한 반응을 보였다.

그 다음 공연은 밤 11시 공연이라서 최재성은 합류하지 못했고, 그럭저럭 괜찮은 결과를 만들어 냈다.

그 다음 날도 공연이 있었고, 또 다음 날도 공연이 있었다.

 금-토-일로 이어지는 주말이었으니까.

 이런 세달백일의 인디 씬 나들이는 SNS 상에서 제법 큰 화제를 만들어 내는 듯했다.

 시청률 10%를 넘보고 있는 인기 프로그램의 출연진들이 난데없이 등장한 것이니까.

 하지만 그 화제는 확산되지 못했다.

 밴드 커뮤니티나 포럼 따위에서는 화제가 됐지만, 일반 대중들에게 퍼져 나가진 않았다.

 그 흔한 인터넷 뉴스 한 줄 볼 수 없었고, 유투브 영상들은 알 수 없는 신고 테러 때문에 비활성화가 되기도 했으니까.

 물론 비활성화는 곧 풀렸지만, 이슈라는 불이 붙을 때 확 번져야 하는 것이다.

 누군가 계속 물을 끼얹고 있으니 제대로 퍼질 리가 없었다.

 그럼에도 불구하고 세달백일 크루는 개의치 않았다.

 한시온의 입을 통해 어떤 일이 벌어질지를 알고 있었고, 지금 당장 급한 건 그게 아니었으니까.

 "야! 최재성!"

 "왜, 왜요."

 "이거 너지."

"아닌데요."

"네 글씨체인데?"

"진짜 아닌데요. 아니, 그리고 맞으면 어때요! 오답 노트가 그러라고 있는 건데!"

"……."

"시온 형! 새미로 형이 오답 노트 검열해요!"

한시온은 온새미로의 오답 노트를 보고는 최재성의 등짝을 갈겼다.

-어제 라면 먹고 자서 팅팅 불었음.

노래와 상관없는 내용이었으니까.

하지만 의외로 최재성은 진지했다.

장난의 의도가 전혀 없었던 건 아니지만, 100% 장난은 아니다.

"저희 식단 관리해야 해요. 아직은 괜찮지만 점점 방심하는 게 보여요. 우리가 아무리 크루라지만, 아이돌이잖아요? 팬들이 보면 실망한다고요."

막내의 외침에 멤버들은 고개를 끄덕였다.

이 부분은 최재성의 말이 맞았다.

공연 일정을 소화하기 시작하면서 점점 식단에 대한 컨트롤을 잃어 간 것도 사실이니까.

어제는 삼겹살에 소주를 먹기도 했다.

"좋아요. 그럼 우리 헬스장을 끊죠."

"피티요?"

"아니, 헬스장."

"운동은 누가 가르쳐 줘요?"

"내가."

긴 세월 동안 벌크업을 해야만 했던 한시온이었다.

호리호리하고 내성적인 동양인의 티피컬 타입에서 최대한 멀어지기 위해서 할리우드의 최정상 트레이너들에게 트레이닝을 받지 않아 왔던가.

그러니 운동에 나름 도가 텄다.

게다가 지옥의 '먹뱉'을 할 때 다짐했었다.

나중에 데뷔를 하게 되면 꼭 적절한 근육량을 가져가는 팀 컨셉을 잡겠다고.

벌크업까지는 아니더라도 근육량을 늘리면 어느 정도의 미식은 챙길 수 있으니까.

"그, 시온아?"

"네."

"눈빛이 좀 무서운데……."

"이온 형. 형 얼굴은 지금 당장 미국에 가도 먹혀요. 무조건 먹혀요."

"응?"

"근데 몸은 안 먹힐 거예요. 제가 먹히게 만들어 드릴게요."

"……응."

이이온은 체념한 듯했다.

저런 눈빛의 한시온은 말릴 수가 없으니까.

* * *

커밍업 넥스트 8회가 방송되었다.

8회는 크리스 에드워드의 명곡을 편곡하는 미션의 마무리 회차였다.

세달백일이 크리스 에드워드의 Highway를 편곡해서 〈갈림길〉이라는 무대를 꾸몄던.

무대는 훌륭했다.

〈서울 타운 펑크〉에서 이어진 시간 여행이라는 컨셉을 충실히 살렸으며, 사실은 이이온이 빌런이라는 설정도 공개되었다.

물론 시청자들 중에는 이런 걸 좋아하지 않는 사람들도 많았다.

하지만 그런 이들조차 무대가 워낙 훌륭하니 불호보다는 호에 가까웠다.

그저 그런 무대에 설정이나 세계관을 덕지덕지 붙이면

촌스럽지만, 훌륭한 무대라면 또 다른 즐길 거리라는 걸 알게 된 것이었다.

-와, 나 이런 거 좋아했네.
-그동안 아이돌들이 세계관으로 염병할 때마다 ㅂㅅ같다고 생각했는데 그 이유를 알았다.
-뭔데?
-노래를 못하니까ㅋㅋㅋㅋ 세계관 때문에 ㅂㅅ같은 게 아니었구나?
-세달백일만 잘했다고 하면 되지 왜 다른 아이돌들까지 싸잡아서 폄하하는지.
-열등감 덩어리들이라서 그럼.
-꽃덕들 어서 오고.
-텐션맘 어서 오고.
-신스맘 아님?
-테이크씬 덕일 수도 있음ㅋㅋ
-세달백일은 공공의 적이냐ㅋㅋ 왜케 적이 많음ㅋㅋㅋㅋ
-절대적 비교 우위.
-일곱 글자 통찰력 ㅆㅅㅌㅊ

그래서 일반 커뮤니티 쪽 팬들도 이런 반응을 보이고

싶었다.
 하지만 심사평이 공개되자 논란의 여지가 생겼다.

 [한시온 참가자의 개인 역량으로 만들어진 무대였으며, 다른 멤버들은 그 덕을 본 무대였습니다.]
 [낭중지추. 송곳은 주머니를 뚫고 나오죠. 좋은 의미일 수도 있지만, 나쁜 의미일 수도 있습니다. 세달백일이란 주머니는 송곳에 찢겼습니다.]

 심사평이 일제히 한시온의 역할을 강조하고, 세달백일을 깎아내렸기 때문이었다.

 -오늘 온새미로 좀 치지 않았냐?
 -그니까. 제일 잘 불렀는데.
 -?? 세달백일 잘했는데?
 -걍 힙시온이 너무 잘해서 심사위원들 눈에 그렇게 보인 듯.
 -빌런은 이이온이 말고 한시온 아니냐ㅋㅋㅋ 생태계 파괴범ㅋㅋ

 이어서 공개된 세달백일의 무대 점수도 생각보다 낮았다.

가볍게 프로그램을 보는 이들은 그러려니 하고 넘어갔지만, 진지하게 달려드는 이들이 없는 건 아니었다.

특히, 나름대로 돌판에 빠삭한 커뮤니티가 불타올랐다.

-테이크씬 데뷔시키려고 밑밥 까는 거 아니냐?
-굳이? 세달백일 데뷔시키면 되잖아.
-그럼 몇 년간 트레이닝하면서 테이크씬에 쏟아부은 비용이 회수가 안 되잖아.
-윗댓 맞말. 세달백일은 투자 비용이 없어서 칼정산 나가야 함. 차라리 테이크씬 먼저 데뷔시키고, 세달백일은 1~2년 쯤 뒤에 데뷔시키는 게 꿀맛일 듯.
-애당초 이 프로그램이 테이크씬 데뷔시키려고 만들어진 거 모르는 사람도 있나?
-ㅇㅈ 난 아직도 1회의 최대호를 잊지 못한다. 테이크씬이 경쟁을 해야 하는데 이유가 없음ㅋㅋㅋㅋ 그냥 다 짜고짜 싸우래ㅋㅋ
-근데 이미 테이크씬 데뷔 플랜 세워졌다는 증거 많음.
-(사진)(사진).
-이거 ㅈㄴ 큰 공연 대행사 자료인데 9월 축제에 테이크씬 들어간 거 많음

-(사진)(사진).
-여기에는 라이언 신인 그룹이라고 써 있고.
-(정보추) 지난 2년간 라이언에서 데뷔한 신인 그룹은 없다.
-헐.
-ㅇㅇㅇ 스튜디오에서 뮤직비디오 찍고 있다는 말도 있던데.

 물론 모든 시청자들이 이런 의견에 동조한 건 아니었다.
 심사평의 공정성에 대한 논란은 그 어떤 오디션 프로그램에도 존재하는 것이니까.
 특별할 것 없는 일이었다.
 하지만 특별 심사위원이었던 크리스 에드워드의 심사평 이후로는 분위기가 살짝 바뀌었다.

 [재미있는 무대였어요. 저는 한국어를 모르지만, 그렇다고 무대에 쌓인 바이브를 놓칠 정도로 바보는 아니죠.]
 [다섯 명은 분명 같은 감정선으로 같은 목적지에 도달했어요. 그리고 터트렸죠. Boom!]
 [여러분은 분명 아쉬운 부분이 있어요. 한 명 한 명을 뜯어보면 약점과 단점들이 보이죠.]

[하지만 팀 전체로 모였을 때는 그런 부분이 전혀 보이지 않는 무대였습니다.]

기존의 심사위원들과 전혀 다른 방향의 심사평이었으니까.

강석우 피디는 크리스 에드워드의 말을 특별히 강조하지도 않았고, 축소시키지도 않았다.

그냥 편집 없는 정적인 바스트 샷으로 내보냈을 뿐이었다.

하지만 그 자체로 의미가 있다.

-묘하게 피디가 심사위원들 멕이는 거 같지 않냐?
-최대호가 테이크씬 데뷔시켜야 한다고 난리 쳐서 아니꼬워진 거 아님?
-킹능성 차고 넘친다.
-ㅋㅋㅋ상식적으로 에드워드 말이 맞지 않겠냐?

그 이후에는 크리스 에드워드가 한시온과 작별 인사를 나누는 모습도 방송을 탔다.

[정말 멋진 편곡이었어. 모든 갈림길에서 세달백일이라는 팀이 완벽해질 수 있는 길을 선택했다고 말해 줄게.]

[원곡이 워낙 좋았어.]

심지어 두 사람은 꽤 친해 보였고, 크리스 에드워드가 꼭 다시 만나자고 이야기하는 내용도 있었다.

어떻게 보면 자연스러운 장면이다.

프로그램에 기적처럼 합류했던 크리스 에드워드가 떠나는 장면이니, 이 정도 분량은 줄 만했다.

하지만 곰곰이 생각해 보면 좀 이상하다.

왜 한시온과 단둘이서 이야기를 했을까?

다른 심사위원들은 배웅을 하지 않았나?

굳이 크리스 에드워드의 퇴장이 이런 식이었어야 했나?

이런 생각을 충분히 품을 수도 있다는 말이었다.

이윽고 다음 미션이 공개되며 8회가 끝이 났다.

방송이 끝나자마자 인터넷 뉴스들이 일제히 커밍업 넥스트의 시청률에 대한 기사를 업로드했다.

[COMING UP NEXT! 마의 10% 고지 돌파.]
[엠쇼 개국 이래 최고의 성과. "강석우 피디를 영입한 건 최고의 선택"]
[MBN의 시청률 제조기, 이제 엠쇼의 마이더스!]

커밍업 넥스트가 기어코 시청률 10%의 고지를 돌파했기 때문이었다.

[평균 시청률 : 10.2%]
[수도권 평균 시청률 : 10.9%]
[분당 최고 시청률 : 12.2%]

어마어마한 기록이었다.

국민 열 명 중 한 명이 커밍업 넥스트를 봤다는 소리니까.

좀 더 디테일하게 접근하자면, 방송가는 현재 예능 프로그램의 총 파이를 시청률 30~35% 정도로 추정하고 있었다.

동 시간대의 모든 TV 프로그램 시청률을 합산하면 이 정도가 나온다는 것.

그렇다면 요즘 예능은 백점 만점이 아니라 30점(혹은 35점) 만점이다.

커밍업 넥스트는 30점 만점에서 10점을 받은 셈이었다.

그동안 채널 엠쇼는 음악 산업계에는 강한 영향력을 가지고 있지만, 채널의 콘텐츠 파워는 약하다는 인상이 있었다.

공중파를 제외한 케이블 채널 순위에서 3~4위를 다투고 있었으니까.

하지만 커밍업 넥스트 한 방으로 대부분의 지표가 새롭게 쓰이는 중이었다.

상황이 이렇다 보니 엠쇼는 연일 축제 분위기여야 마땅했다.

하지만 실제로는 그렇지 않았다.

일반 직원들은 알지 못하는 이야기지만, 수뇌부 쪽에서는 분위기가 급속도로 냉각되고 있었다.

8회의 방송 방향 때문이었다.

"강석우 미친 거 아니야? 왜 방송을 그렇게 했대?"

"몰라. 사장님 난리 났던데."

강석우를 비난하는 이들.

"라이언 엔터에서 지랄이 좀 심했냐?"

"그니까. 자기들이 프로그램 깽판 쳐 놓고선."

"강석우가 뭘 잘못이냐. 피디가 시청률만 높게 찍으면 되는 거지."

강석우를 옹호하는 이들.

두 부류가 치열하게 대립하며 흉흉한 분위기를 만들어 낸 것이었다.

그리고 이건 강석우의 선택이었다.

강석우는 세달백일을 밀어주라는 한시온의 조언을 수

용했다.

합리적으로 생각해 봐도 옳은 판단이었으니까.

하지만 그는 거기서 한 발자국 더 나아갔다.

'이걸 나 혼자 뒤집어쓰면 토사구팽 당할 수도 있다.'

엠쇼의 파벌 싸움의 재료로 가져다 바친 것이었다.

라이언 엔터와 친분이 깊은 사장 쪽이 아니라, 사장과 대립하는 이사 쪽에 붙은 것.

이렇게 되면 이사 라인이 전부 축출당하지 않는 이상, 강석우는 안전하다.

게다가 강석우는 지금 그 누구보다 강력한 엑스칼리버를 쥐고 있었다.

누군가 자신을 공격하면…….

"네 이노옴! 엠쇼 개국 이래 가장 높은 시청률을 쓴 나에게 이럴 수 있느냐?"

시청률무새가 되면 된다.

'라이언이랑 엠쇼 같은 건 모르겠고, 일단 시청률 잘 뽑았잖아'로 일관하면 된다는 소리였다.

그게 피디의 역할이니까.

강석우가 이렇게 나오면 한시온과 세달백일이 탈주한 책임을 끝까지 묻기도 애매해진다.

물으려면 사장단이 나서야 하는데, 그러면 이사 라인이 덮어놓고 달려들 거다.

물론 따지고 보면 방송국의 실리는 사장단 쪽에 있긴 하다.

테이크씬이 인기를 얻는다면, 라이언 엔터가 엠쇼에게 안겨 줄 이익이 어마어마하니까.

하지만 이것은 이면 계약서를 통해 기록되지 않는 실리다.

대외적인 명분은 이사 라인에 있다.

시청률 10%를 넘긴 프로그램을 비즈니스 논리로 망쳐 버리는 게 제정신이냐고 일갈할 수 있으니까.

"와, 강석우 똑똑하네."

"외부 영입이었잖아. 라인을 타긴 타야 했겠지."

그렇게 엠쇼 내부에서는 강석우가 시청률 광인 행세를 위해 세달백일을 푸쉬했다는 게 정설로 자리 잡았다.

틀린 말은 아니었지만…….

이 모든 일의 발단이 한시온의 세치 혀라는 걸 아는 사람은 없었다.

'이게 깔끔하지.'

방송국을 떠들썩하게 만든 이슈의 시작이 출연진의 입이었다는 게 알려져서 좋을 게 없다.

궁지에 몰린 강석우가 쓸 만한 패를 들고 이사 라인에

붙었다는 게 깔끔하다.

이제 나머지 일은 강석우의 손을 떠났다.

사장단과 이사 라인이 어떻게 협의를 이끌어 낼지는 예측할 수 없다.

다만.

'세달백일은 생각보다 잘 안됐군.'

강석우 피디는 요즘 한시온이 벌이는 일을 알고 있었다.

인디 씬을 돌아다니면서 이벤트성의 게스트를 꾸준히 서고 있다.

하지만 인터넷에 단 한 줄의 기사도 올라오지 않았고, 앞으로도 화제성이 확산되는 건 거의 불가능해 보인다.

처음 상황이 벌어졌을 때 화제성에 불이 붙었어야 한다.

일주일이 지난 지금은 이미 늦었다.

안타까운 일이라고 생각했지만, 공과 사는 구분되어야 한다.

언젠간 도와줄 날이 올 수 있을지 모르겠지만, 지금은 아니니까.

* * *

같은 시각.

강석우 피디와 똑같은 생각을 한 사람이 있었다.

바로, 구태환이었다.

"시온아. 우리 잘 안된 거지?"

"응? 뭐가?"

"아니, 결국은 화제를 못 이끌어 냈잖아."

한시온은 세달백일 크루가 증명을 하고 유명해져야 한다고 말했다.

그러기 위해서는 커밍업 넥스트의 화제성을 세달백일 크루가 가져와야 된다고도 했고.

구태환은 인디 공연이 그런 행위의 일환이라고 생각했다.

처음엔 꽤 훌륭한 계획인 듯했다.

직캠 영상도 줄줄이 올라왔고, 밴드 커뮤니티에 자신들의 이름이 오르내리기 시작했으니까.

하지만 결과적으로는 아무 것도 변하지 않았다.

화제성은 사라졌고, 대중의 관심은 흔적만 남았으니까.

아무래도 라이언 엔터나 엠쇼 쪽에서 압력을 행사한 것 같다.

물론 세달백일이 0의 성장을 했냐면, 그건 절대 아니었다.

음악적인 성장은 차치하고, 팀 브랜드 네임에 대한 약

간의 인식은 생겼을 것이다.

하지만 그들이 추구하는 최종 목표가 100이라고 치면, 고작 해 봐야 1이나 성장한 것 같다.

어쩌면 1도 닿지 못한 것 같고.

그래서 물어보는 것이었다.

성공을 이루지 못한 한시온을 비난하려는 게 아니라, 계획이 틀어졌다면 함께 고민하기 위해서.

이에 대한 한시온의 반응은······.

"뭔 소리야?"

전혀 뜬금없다는 것이었다.

강석우 피디, 구태환, 어쩌면 라이언 엔터의 최대호 대표까지.

전부 다 착각을 하고 있었다.

아직 한시온의 계획은 시작도 안 했다.

하지만 그런 사실을 모르는 구태환은 당황할 수밖에 없었다.

"인디 공연이 실패했잖아."

"뭐가 실패해? 다들 잘해지고 있잖아. 아직 많이 아쉽지만."

"화제성은?"

"아, 그거?"

사실 한시온은 구태환이 말을 걸기 전까지 다른 생각에

잠겨 있었다.

그래서 대화의 본질을 파악하는 게 살짝 늦었다.

"우리가 인디 씬에서 공연 몇 번 한 게, 라이언 엔터랑 싸움 중이라고 생각한 거야?"

"아니야?"

"전혀 아닌데. 애초에 싸움의 시점을 말하지 않았었어?"

분명 한시온은 이렇게 말했었다.

"우리는 3주 뒤부터 활동을 시작할 거예요."

"3주?"

"그때 커밍업 넥스트 10회가 방송되니까요."

오늘 8회가 방송됐으니, 2주가 남은 셈이다.

"그럼 지금 우리가 하는 건 순전히 노래 실력을 위한 거야?"

"일단은? 어때? 좀 많이 늘은 것 같아?"

한시온의 질문에 세달백일 크루가 고개를 끄덕였다.

기간은 그리 길지 않지만, 공연의 횟수가 엄청나게 많았다.

그러다 보니 상황도 다양했다.

엄청난 응원을 받고 올라간 소극장 공연도 있고, 싸늘

하고 적대적인 시선에서 공연을 한 적도 있었다.

심지어 취객이 시비를 걸거나, DJ가 EQ를 잘못 만져 MR이 이상하게 흘러나온 적도 있었다.

단 일주일 만에 이 모든 경험을 했다는 게 신기할 정도.

실력이 늘지 않을 수가 없다.

"그러니까 쓸데없는 생각 말고, 어제 공연에 대한 오답 노트나 써. 아직 안 했잖아?"

한시온의 말처럼 목요일이었던 어제도 공연이 있었다.

대부분의 공연이 금, 토, 일에 몰려 있긴 하지만, 평일 공연이 없는 건 아니다.

평일은 대관료가 싸고, 대관 경쟁률이 낮기 때문에 장점이 있으니까.

그래서 어제 공연을 하나 다녀왔는데, 지금까지와는 다른 공연이었다.

보컬이 전무한 순도 100% 짜리 힙합 공연이었으니까.

거기서 세달백일이 배우게 된 것은 리듬감이었다.

힙합 팬이라고 노래를 싫어하진 않는다.

하지만 그들은 고개를 끄덕일 수 있는 노래만 좋아한다.

그게 록 비트가 됐든, R&B 비트가 됐든, 자연스럽게 리듬을 탈 수 있어야지만 호응이 나온다.

재즈에 스윙(Swing)이라는 단어가 있다.

스윙은 재즈의 핵심이지만, 단어로 정의하기가 참 애매했다.

그루브, 필링, 바이브······.

무슨 단어로 설명을 덧붙여도 애매하다.

판소리로 따지면 '한'인 거고, 록으로 따지면 '스피릿'이니까.

하지만 연주자가 스윙을 하고 있는지, 하고 있지 않은지는 쉽게 알 수 있다.

관객들이 리듬을 즐길 수 있는지 없는지가 보이니까.

비슷한 의미에서 어제 세달백일 멤버들은 리듬이 가진 힘을 느낄 수 있었다.

가로등 아래에서는 심심하게 박수만 치던 관객들이 리듬감 있는 노래가 나오자 확 돌변했으니까.

그런 의미에서 대박을 친 건 구태환이었다.

타고난 리듬감이 점차 개화하고 있는 구태환은 어제만큼은 한시온보다 더 큰 호응을 받았다.

다만, 한시온이 그걸 참지 못하겠다는 듯 갑자기 랩을 해서 분위기를 가져왔지만.

덕분에 세달백일 멤버들은 한시온의 랩을 듣고 깜짝 놀라기도 했다.

NOP의 〈보이 스카우트〉를 부를 때 랩을 들었고, 본인도 랩에 자신이 있는 것 같았지만.

'그 정도인 줄은 몰랐으니까.'

우정 버프 때문인지 모르겠지만, 현역으로 활동 중인 프로 래퍼라고 해도 믿을 정도였다.

그때 최재성이 손을 번쩍 들었다.

"한시온 트레이너님."

"왜."

"근육통이 너무 심합니다."

"나중에는 근육통을 기다리게 되니까, 지금 즐겨."

"에이 말도 안 돼요."

"진짜야. 근육통이 안 느껴지면 내가 운동을 대충했는지 서운해지는 날이 올 거야."

"……그 수준까지 가면 우락부락해지는 거 아니에요?"

최재성의 질문에 한시온이 코웃음을 쳤다.

"근육이 그렇게 쉽게 생기는 거면 보디빌더들은 왜 있겠어?"

한시온의 냉소에 잠시 주춤했던 최재성이지만, 그가 하려던 말은 이게 아니었다.

"궁금한 게 있습니다."

"말해."

"어제 태환이 형이 더 큰 환호를 받자 갑자기 랩을 했던 것 같은데, 맞나요?"

"……."

한시온의 표정이 살짝 바뀐다.

거의 티가 나지 않았지만, 그들이 누구던가.

벌써 3달이 넘게 동고동락을 하고 있는 한 팀이다.

오랜 만에 찾아온 타격감의 한시온에 멤버들이 눈을 반짝였다.

드물게 발견할 수 있는 한시온의 허당 기질을 놀리면 정말 재밌으니까.

"그럴 리가."

"정말요?"

"응."

"근데 왜 갑자기 큐 시트에도 없었던 랩을 했어요? 그것도 앞 타임 래퍼에게 MR을 빌려서."

"나도 랩 벌스를 만들어 봤던 MR이라서. 갑자기 흥이 돋았어."

"흐음."

"그리고 궁금했거든. 내 랩이 힙합 씬에서는 어떻게 받아들여질지."

"흐음."

"게다가 거기 마이크 세팅이 보컬보다는 래퍼 위주로 되어 있었어. 리버브가 낮고, EQ 설정도 별로였지."

"흐음."

최재성은 '흐음'만 반복할 뿐이었지만, 한시온의 변명은 청산유수였다.

알아들을 수 없는 전문적인 단어가 마구 쏟아진다.

하지만 그러면 그럴수록 한시온이 불손한 의도로 랩을 했다는 게 명확해질 뿐이다.

보통의 한시온은 자신의 행위에 대해서 설명하지 않으니까.

그렇게 최재성이 8번째로 '흐음'을 했을 때, 마침내 한시온이 진실을 시인했다.

내가 방금 한 말은 한 치의 거짓도 없는 진실이지만, 개인 무대에 대한 호응이 적은 것 같아서 랩을 했다고.

"일방적 딜교 성공."

최재성의 말에 모두가 웃음을 터트렸다.

그렇게 잠깐의 유쾌한 잡담이 끝나고, 한시온이 박수를 짝 쳤다.

"자자, 집중해 봐요."

처음엔 부끄러워서 화제를 돌리려나 싶었는데, 아니었다.

들어야 할 이야기가 나왔다.

"내일 공연 5개 있는 거 아시죠?"

"역대급으로 많지."

"다행히 2개는 초저녁 홍대고, 3개는 자정 넘어 이태원이에요."

"뭐가 다행이야?"

"홍대에서 이태원까지 갈 시간이 여유로우니까요. 내일은 여러분이 지하철이나 택시를 타고 이동해야 하거든요."

"왜? 너는?"

"나는 못 가. 할 일이 있거든."

"할 일?"

이어진 한시온의 말은 놀라운 것이었다.

"예능에 출연해야 해."

"예능? 형한테 섭외를 보낸 곳이 있어요?"

"아니. 내가 연락했지. 한 번 찍어 달라고."

"어디요?"

한시온의 입에서 튀어나온 예능 프로그램의 타이틀에 모두가 경악을 금치 못했다.

인기 절정의 예능은 맞다.

하지만…….

"형이 그걸 나간다고요?"

"응."

"그거 진짜 나락 가는데……."

이이온, 구태환, 최재성이 걱정 가득한 표정을 짓자, 온새미로가 질문을 던졌다.

평소 예능 프로그램을 모니터링하지 않는 온새미로였기에 한시온이 출연한다는 '이 프로그램'이 낯선 것이었다.

하지만 이내 온새미로의 표정도 나머지 셋과 비슷해졌다.

최재성이 핸드폰으로 예능 프로그램을 재생했으니까.

그러나 한시온은 태연했다.

"나는 나락 안 가."

"진짜요? 그럼 방송에도 안 나오는 거 아니에요? 그게 재미 포인트인데."

"글쎄. 한 명쯤은 나락을 피해 가는 출연진이 나올 때도 되지 않았나?"

"이 형은 도대체 뭘 믿고 이렇게 자신감이 넘치는 건지."

"연륜."

지극히 진실인 한시온의 말에 멤버들이 웃음을 터트렸다.

하지만 결국 멤버들은 한시온을 믿고 고개를 끄덕일 수밖에 없었다.

"내 촬영 분량 방송이 2주 뒤쯤일 거거든. 커밍업 넥스트가 딱 끝나면."

이게 한시온의 계획 중 일부라는 걸 알았으니까.

한데, 그 순간 덜컥 겁이 났다.

생각해 보니 내일 한시온 없이 공연에 가야 하는 거니

말이었다.

지금까지는 공연에 문제가 생길 때마다 한시온이 기가 막힌 임기응변으로 해결해 줬다.

그러니 세달백일 멤버들은 '노래만 잘하면 돼.'라는 생각을 가지고 있었다.

하지만 내일은 아니다.

그러니 그들이 잘해야 한다.

그렇다면……

'내가 책임져야겠네.'

맏형인 이이온이 생각했다.

'나밖에 눈치가 빠른 사람이 없네.'

구태환도 생각했다.

'다들 온실 속 화초처럼 자란 사람들이니까…….'

온새미로가 생각했다.

'아이돌이란 자각이 부족한 사람들이니까…….'

최재성도 생각했다.

결과적으로는 환상의 4인조 책임 부대가 출범했지만, 이때까지는 서로 모르고 있었다.

사실 한시온은 공연이 시원하게 망하는 것도 나쁘지 않다고 생각하고 있었다.

세상 모든 가수는 공연을 실패하는 과정을 겪는다.

회귀자가 아니라면.

그러니 세달백일도 언젠간 실패를 겪어야 하고, 그럴 거라면 지금이 적기다.

공연에 걸려 있는 책임도 없고, 미래를 베팅한 것도 아니니까.

"그리고 마지막으로, 다음 주 월요일부터 앨범 작업을 시작해 보려고요."

"우리 앨범? 정규 앨범?"

"아뇨. 정규는 무리고 EP 정도의 볼륨으로 가야죠."

"EP면 미니 앨범 말하는 거지?"

"네."

"작곡이랑 편곡은 전부 네가 하게?"

이이온의 질문에 한시온이 어깨를 으쓱했다.

그럴 능력은 있지만, 그래서는 안 된다.

"편곡은 제가 하되, 곡은 최대한 유명한 사람들에게 받을 거예요. 에디 같은."

"크리스 에드워드 말고도 받을 만한 사람이 있어?"

"글쎄요. 찾아봐야죠. 아직 에디 말고 확실한 건 없어요."

한시온은 더 말하지 않았지만, 뭔가 계획이 있는 듯했다.

그때 온새미로가 중요한 이야기를 꺼냈다.

"돈은?"

"응?"

"지금이야 들어가는 돈이라고 해 봐야 기름 정도잖아?"

"온새미로 말이 맞아. 앨범을 만들 땐 돈이 들잖아. 그건 어떻게 할 거야?"

커밍업 넥스트는 시청률 10%가 넘은 프로그램이지만, 출연진들이 받은 출연료는 해 봤자 300만 원도 되지 않았다.

그나마 이것도 팀전이 메인 콘텐츠인 커밍업 넥스트라서 받은 것이다.

대국민 오디션 프로그램 같은 것들은 유명세라는 무형적 이득이 주어지기 때문에, 출연료를 지급하지 않는다.

시간이 좀 흐르면 Top 10 출연자들에게는 지급하기도 하지만, 아직은 아니었다.

물론 음원 수익이 정산되긴 한다.

하지만 음원 정산은 발매 3달 후부터 지급이 되니, 아직 세달백일 크루 중에서 정산을 받은 이가 없었다.

즉, 앨범 제작에 들어갈 돈을 충당할 방법이 없다는 것이었다.

하지만 한시온은 당연하다는 듯 말했다.

"당연히 빚으로 달아 놔야지. 몰랐어? 기름값도 유류비로 달아 놓는 거야."

"빚? 그걸 누구한테 지는데?"

"나한테."

멤버들은 그제야 한시온의 계획에 대해서 깨달았다.

촬영 중에 큰고모부라는 사람이 찾아왔던 것도, 한시온의 부모님이 남긴 재산 때문이었다.

한시온은 그런 사람들에게 부모님의 돈을 주고 싶지 않아서 변호사를 고용했다고 했다.

결과는 듣지 않았지만, 다행히 승소한 모양이었다.

하지만······.

"우리가 실패하면?"

"돈을 날리는 거지."

"그렇게 날려선 안 되는 돈이잖아."

"안 날리면 되지. 성공해서."

말은 쉽지만, 성공이 그리 쉬울 리가 없다.

세달백일 크루는 처음으로 책임감을 느꼈고, 현실을 깨달았다.

그들은 '동아리'와 유사한 '크루'라는 단어를 사용하고 있지만, 점점 베팅하는 것이 많아질 것이다.

처음엔 한시온의 돈과 그들의 책임감이다.

다음에는 시간을 걸 거고, 결국에는 인생을 걸게 될 거다.

그 사이의 수많은 성공과 실패, 행복과 슬픔도 모두 '세달백일'이라는 이름으로 기록된다.

그러니 그들은 성공해야 했다.

잘해야 한다.

그런 간절함이 처음으로 든 것이었다.

"시온아. 촬영이 내일이야?"

"네."

"잘 찍고 와. 솔직히 좀 걱정은 되지만……. 알아서 잘 할 거라고 믿으니까."

"그럼요."

"대신 우리는 내일 공연을 꼭 성공하고 돌아올게."

"어, 네."

그렇게 멤버들이 무거운 책임감으로 뜨거운 열의를 태우고 있었지만…….

사실 한시온은 별생각이 없었다.

어차피 기획사 시스템이 다 이런 식이다.

트레이닝 비용, 숙소 비용, 앨범 제작 비용을 빚으로 달아 놨다가, 매출이 발생하면 까니까.

그렇게 약간의 오해 속에서 멤버들의 열의가 타오르고 있었다.

* * *

〈나락 탐지기〉.

이게 내가 오늘 출연할 예능의 제목이다.

워낙 인기가 많은 프로그램이니 봤던 기억이 있는 것 같기도 하지만, 선명하게 기억하는 예능은 아니다.

지금 출연하기 가장 적절한 예능이 무엇일지 모니터링을 하다가 연락을 보낸 거니까.

현재 내가 예능에 출연하기란 쉬운 일이 아니다.

엠쇼 내부 상황이 어떻게 되는지, 최대호 대표가 얼마나 움직였는지는 모른다.

하지만 적어도 말은 한 바퀴 돌았을 거다.

세달백일이 라이언의 뒤통수를 쳤고, 최대호 대표가 이를 갈고 있다고.

이런 상황에서 나나 세달백일을 출연시켜 줄 예능 프로그램은 없다.

하지만 나락 탐지기는 조금 특별하다.

유투브 예능이라서가 아니다.

유투브 콘텐츠라고 무조건 산업 기득권의 영향력을 피할 수 있는 건 아니다.

콘텐츠 출연진과 제작진이 산업 안에 있는 인사이더라면 기득권의 눈치를 볼 수밖에 없으니까.

그리고 〈나락 탐지기〉는 인사이더 예능이다.

제작진은 공중파와 함께 일을 하기도 하는 외주 스튜디오고, 3명의 MC 중 2명이 TV에서 인기를 얻은 스타니까.

즉, 최대호 대표의 영향력이 충분히 통하는 프로그램이라는 말이었다.

그럼에도 불구하고 내가 섭외가 될 줄 알고 있었던 이유는…….

"반가워요. 한시온 씨."

"안녕하세요."

"어우, 진짜 왔네요? 난 처음에 제작진한테 듣고 거짓말인 줄 알았잖아."

이 프로그램의 포맷이 너무 엄청나서, 섭외가 어렵기 때문이었다.

콘텐츠는 딱 하나다.

거짓말 탐지기.

어설프게 손을 올려서 맥박이나 체온 따위를 체크하는 게 아니다.

한국 경찰이 쓰는 것보다 더 고급 장비를 사용하며, FBI나 CIA가 쓰는 것과 동일하거나 더 좋은 장비를 쓴다고 했다.

그래서 촬영장에 들어가자마자 거대한 거짓말 탐지기가 내 시선을 강탈하기도 했다.

어, 근데 좀 익숙한 비주얼이다.

예전에 FBI에 불려 갔을 때 봤던 거 같은데.

완전히 똑같은지는 모르겠지만, 비슷한데?

그런 생각을 하며 MC들과 인사를 나눴다.

조태훈, 채명호.

지금은 한풀 꺾였지만, 공중파가 왕이던 5~6년 전의 주말 예능을 책임졌던 이들이다.

조태훈은 유튜브로 완전히 본거지를 옮기며 제2의 전성기를 맞이하고 있고.

잘 보이면 좋을 이들이다.

아, 나머지 한 명의 MC는 진행자라기보다는 기술자다.

거짓말 탐지기를 사용하는 사람인데, 범죄 프로파일링 전문가로 시사 프로그램이나 예능에 간간이 얼굴을 비춘 사람이었다.

찾아보니까 은퇴한 경찰이라더라.

신 형사라고 부르던데.

"세달백일의 한시온입니다."

"어휴, 잘생겼네. 근데 왜 최대호 대표랑 어그러졌어요? 대호 형이 꼰대라서 그렇지 나쁜 사람은 아닌데?"

카메라도 안 돌아가고 있는데, 사석에서 이러기냐.

하지만 조태훈은 진짜 내 대답을 들으려는 건 아닌 듯했다.

빙긋 웃더니 말을 잇는다.

"이런 질문들만 쏟아지는 거 알죠?"

"네. 알고 있습니다."

"솔직히 잘 모르겠네. 진짜 왜 출연했어요?"

"제가 나락 탐지기의 엄청난 팬이거든요. 기회가 된다면 꼭 한 번 나와 보고 싶었습니다."

"어, 음……. 그래요. 솔직히 우리는 너무 좋지. 이런 그림은 상상도 못했으니까."

옆에 서있던 채명호가 말을 덧붙인다.

"라이언 엔터나 테이크씬 이야기는 안 할 거예요. 커밍 업 넥스트도 아마 가볍게만 치고 갈 듯?"

"네."

"어라? 이유를 아는 눈치네요?"

"대충은요."

프로그램의 포맷을 생각해 보면 라이언이나 테이크씬 이야기가 나오면 내가 최대호를 욕할 수밖에 없다.

최대호는 그런 상황을 달갑지 않게 여길 거다.

최대호가 원하는 건 내가 욕을 실컷 먹는 게 아니다.

무슨 짓을 하든 아무 욕도 안 먹는 거다.

그게 진짜 연예인으로서 최악의 상황이다.

무관심은 재기가 불가능한 늪이니까.

"신 형사님이 차가 좀 막혀서 20분 정도 딜레이될 것 같은데, 괜찮아요?"

"괜찮습니다."

"우리가 대기실이 딱히 없어서요. 어떻게, 탐지기 의자에라도 앉아 있을래요?"

"좋죠."

농담으로 한 말이라는 걸 알지만, 정말로 거짓말 탐지기 의자에 가서 앉았다.

혹시 모르니까 마인드 컨트롤을 하기 위해서.

그런 내 모습이 재밌었는지, 풀 샷을 잡는 카메라가 날 찍기 시작한다.

거짓말 탐지기에 앉아서 〈나락 탐지기〉의 포맷에 대해 떠올렸다.

〈나락 탐지기〉의 포맷은 정말 간단하다.

대중들이 궁금해하지만, 묻기 힘든 것들을 묻는다.

그리고 거짓말 탐지기를 돌린다.

거짓말이라면 진실이 나올 때까지 대답을 해야 한다.

질문 거부권은 딱 한 번만 쓸 수 있는데, 거부권을 어디에 쓰느냐가 큰 화제가 되기도 했다.

이 프로그램이 흥행한 이유는 질문의 수위가 정말 브레이크가 없기 때문이었다.

출연 결심을 하고 프로그램을 모니터링을 했는데, 나조차 어이가 없었던 장면들이 몇 개 있다.

개인적으로는 왕년의 섹시 스타였던 여배우 '희수'가 출연했던 회차가 강렬했다.

인기가 절정일 때 재벌가 남편이랑 결혼을 했는데, 최

근 치열한 법적 다툼 끝에 이혼을 했다.
 첫 질문이 이거였다.

"돈을 보고 결혼했습니까?"

 여배우는 아니라고 했지만, 거짓말 탐지기는 요동쳤다.
 결국 맞다고 하니 다음 문제로 넘어갔지.
 그 다음 질문도 대단했다.

"이혼이 확정되기 전에 육체 관계를 갖는 연인이 있었습니까?"

 이번 질문에 대한 대답도 '그렇다'가 나올 때까지 반복됐다.
 아니라고 하니 계속 거짓말 반응이 나와서.
 그 다음 질문도 완벽했다.

"돈이 떨어져서 나왔습니까?"

 이번 대답은 쿨하게 Yes.
 그 뒤로도 수많은 질문들이 오갔지만, 역시 이 질문들이 가장 강렬했던 것 같다.

가학적일 정도로 집요한 질문을 던지는 프로그램이다.

대중들이 안 좋아할 수가 없다.

굳이 마녀사냥의 예시를 들지 않아도, 대중들은 잔인해질 수 있는 존재니까.

그렇다면 여기서 의문이 들 수 있다.

대체 왜 이딴 프로그램에 출연하는 사람들이 있냐는 것이다.

이유는 간단하다.

〈나락 탐지기〉에서 대중들에게 호감만 쌓을 수 있다면, 방송가로 복귀가 가능하기 때문이었다.

예를 들자면, 유명한 야구 선수였던 옥강원이 있다.

옥강원은 국가 대표에서 활약한 이력을 바탕으로 은퇴 후 예능 방송에서 종횡무진 활약했는데…….

어느 날 마약, 불법 도박, 성 추문으로 3연타 콤보를 맞아서 나락을 가 버렸다.

그러나 〈나락 탐지기〉 덕분에 재기에 성공했다.

"마약을 했습니까?"

"했습니다. 하지만 정말로 마약인지 모르고 마셨습니다. 술에 타 있었습니다."

"불법 도박을 했습니까?"

"했습니다. 점당 5만 원의 고스톱이었습니다. 적은 금액은 아니지만, 제 벌이에 비하면 큰 금액도 아니라고 생각했습니다. 저는 그날 380만 원 정도를 벌었고, 돈을 잃은 쪽이 절 신고했습니다."
"성 추문을 인정합니까?"
"결단코 결백합니다."
"돈이 떨어져서 나왔습니까?"
"억울해서 나왔습니다. 돈은 여전히 통장에 많습니다."

단 한 번의 막힘도 없이 모든 질문에 진실만을 말했고, 눈빛도 강렬했다.
대중들은 이 프로그램을 통해서 옥강원이 어느 수준의 죄를 저질렀고, 어떤 부분이 억울한지를 알게 되었다.
덕분에 재기에 성공했고.
물론 일각에서는 거짓말 탐지기를 조작해서 세탁기를 돌린 게 아니냐는 말도 있긴 했다.
하지만 그러기에는 〈나락 탐지기〉가 지금까지 보여 준 이력이 너무 화려했다.
불법 브로커로 군대를 빼려다가 나락을 간 아이돌이 어떻게든 세탁기를 돌려 보려고 했지만, 얄짤 없었던 적도 있으니까.
심지어 질문이 이거였다.

"정당하게 복무하는 또래의 군인들에게 미안하지 않습니까?"

미안합니다를 두 번 정도 말했지만, 거짓말로 나왔다.
결국 질문 거부권을 사용했지만, 이미 늦었다.
제작진은 아주 잔인하게도 질문 거부권을 쓰기 전의 모습까지 다 내보냈으니까.
즉, 〈나락 탐지기〉는 나락을 탐지해서 나락으로 보내는 게 아니었다.
나락에 간 이들의 최후의 보루였다.
불러 주는 제작자가 없고, 대중들도 자신의 이름을 완전히 잊어버린 것 같을 때.
상황을 뒤집기 위한 일발역전의 필살기.
당장 눈앞의 조태훈 MC만 해도 불법 도박과 음주 운전으로 나락을 갔던 인간이니까.
그가 재기에 성공한 프로그램이 〈나락 탐지기〉다.
1회의 게스트였거든.
그러니 제작진은 내 연락을 받고 당황했었다.
애매한 비호감의 인물이 유쾌한 척을 하려고 출연해서 무저갱 나락에 빠진 적은 있다.
가만히 있었으면 1년 정도의 자숙 후에 복귀했을 사람이 성격 급하게 출연했다가 은퇴해 버린 경우도 있었다.

하지만 커밍업 넥스트의 한시온은 〈나락 탐지기〉에 나올 이유가 없다.

이게 제작진의 전체적인 반응이었다.

물론 출연 계약서를 쓴 이후는 쌍수 들고 환영했다.

현 시점에 가장 핫한 인물이, 가장 안 나올 것 같은 프로그램에 나와, 상상도 못했던 그림을 보여 줄 수 있게 됐으니까.

'내 입장에서는 이게 가장 합리적인 선택지였지.'

최대호의 영향력이 먹히지 않으면서도 출연만으로 엄청난 화제성을 불러오는 프로그램.

편집으로 이미지를 망칠 걱정이 전혀 없는 프로그램.

아주 적절하다.

내가 나락에 빠지지만 않는다면.

잠시 뒤, 신 형사라고 불리는 프로파일러가 도착했고, 내게 거짓말 탐지기를 착용시키기 시작했다.

착용이 아니라 부착이 더 적절한 표현 같다.

온몸에 뭔가를 덕지덕지 붙였으니까.

그렇게 거짓말 탐지기 세팅이 끝나고, 촬영이 시작된 채로 가벼운 테스트가 시작되었다.

"본인 이름이 한시온인가요?"

"네. 맞습니다."

"어디 소속이세요?"

"현재는 세달백일 소속입니다."

"본인의 손가락이 여섯 개라고 거짓말을 해 보실래요?"

"제 손가락은 여섯 개입니다."

"본인이 여성이라고 거짓말해 보시죠."

"전 여자입니다."

몇 번의 진실과 몇 번의 거짓을 말하게 한 이후, 프로파일러가 제작진에게 OK 사인을 보냈다.

이윽고 메인 MC인 조태훈이 프로그램의 포문을 열었다.

"오늘은 정말 상상도 못한 게스트가 직접 찾아왔습니다. 아마 섬네일을 보신 분들은 눈을 의심했겠죠? 최근 가장 핫한 프로그램! 시청률 10%를 돌파한! 커밍업 넥스트의 한시온 씨입니다!"

스태프들이 박수를 친다.

"안녕하세요. 커밍업 넥스트에 출연했고, 세달백일이란 팀에 소속된 한시온입니다."

"출연했고라고 하시면, 지금 촬영이 끝난 건가요?"

"네. 마지막 회까지 전부 촬영이 끝났습니다."

"좋아요, 좋아요. 이 프로그램에는 왜 나오셨죠??"

"평소에 엄청난 팬이라서 꼭 한번 출연해 보고 싶었습니다."

"사전 미팅 때도 그렇게 말하긴 했는데……. 이 정도 팬심이면 광기 아닌가요? 나락에 빠질 수도 있는데요?"

"솔직히 잘 모르겠습니다. 제가 인생을 살아오면서 딱히 잘못했던 적이 없던 거 같아서."

그렇게 대답하고는 숨을 골랐다.

인트로가 길지 않은 프로그램이고, 갑자기 질문을 던지는 프로그램이다.

아마 '광기돌ㄷㄷ' 정도의 자막이 나올 거 같고, 다짜고짜 질문이 시작될 것 같다.

아니나 다를까였다.

"좋습니다. 첫 번째 질문은 가볍게 가 볼게요. 지금까지 여자 친구를 몇 명 사귀어 봤나요?"

충분히 예상했던 질문이다.

아이돌에게 던지기 쉬운 질문이니까.

여기서부터 시작이다.

대답을 잘해야 한다.

이 첫 대답이 앞으로 내 대답의 스탠스를 가를 거니까.

"이번 생을 물어보시는 건가요?"

"그럼요? 지난 생도 있어요?"

"전생에 있었을 수도 있죠."

"이런 식으로 빈틈을 만들려는 거면 실망인데요?"

"정확히 이번 생입니다."

조태훈의 말을 채명호가 받는다.

대본에도 없는 내용일 텐데 호흡이 척척이다.

하지만 뭐, 내가 빈틈을 만들려던 건 아니다.

"유치원생 때 한 명입니다."

"유치원이요?"

"네."

"정말 그거 말고는 여자 친구가 없었어요?"

"없었습니다."

이번 생에는.

이렇게 보니 1회차의 나한테 좀 고맙다.

당시에 난 중2병이라서 '사랑이 도대체 무슨 의미가 있지?'라는 생각을 가지고 있었다.

다 똑같은 가사라며 사랑 노래를 극혐하는 인디충이 남중, 남고를 나왔으니 오죽했겠는가.

당연히 '진실'이 나왔다.

"좋아요. 자신만만하게 출연한 이유가 있었군요. 하지만 과거 말고 미래는 어떨까요?"

"난 단 한 번이라도 사귀는 상상을 해 본 여자가 있다!"

두 MC의 말에 고개를 저었다.

"없습니다."

"한 명도 없다고요?"

"없습니다."

"만약, 대세 여배우인 최승아 씨나 수혜 씨가 한시온 씨한테 고백을 한다면요?"

"죄송하지만 거절하겠습니다."

"헐, 왜 진실이 나오지?"

"고자에요?"

"건강합니다."

당연한 이야기지만, 모든 대답은 진실이었다.

연애를 하면 앨범이 잘 안 팔린다.

이건 미국도 마찬가지다.

할리우드에서 가장 잘나가는 여배우와 연애를 하면 핫한 이미지가 생길 것 같아서 해 본 적 있었다.

떨어진 앨범 판매량을 보고 충격 먹었다.

"대체 왜 여자를 싫어하시죠?"

"싫어하지 않습니다. 그냥 음악이 더 좋을 뿐입니다."

"혹시……. 나는 동성애자다?"

"아닙니다. 이성애자입니다."

질문들을 수월하게 통과하자 오히려 제작진이 좋아하는 기색을 보인다.

어차피 앞부분의 질문들은 웃기려고 던지는 거니까.

"좋아요. 좋습니다. 이 정도는 돼야지 저희도 의욕이 생기죠. 그럼 조금 더 묵직하게 가 볼까요?"

"난 팬들의 사랑보다 돈이 더 중요하다."

"전혀 아닙니다."

"전혀요? 이런 수식어는 좀 위험한데?"

"전혀 아닙니다."

돈은 아무 것도 아니다.

비선형적인 시간에서 날 구원해 줄 수 있는 유일한 존재와 비할 것이 못 된다.

당연히 진실이 나왔다.

"와, 진짜? 천상 아이돌이네?"

"팬들이 사랑해 줘야지 돈을 벌 수 있다는 식으로 마인드 컨트롤한 거 아닐까요?"

"아, 그런가?"

채명호의 말에 작가진들이 끄덕거리는 게 보인다.

실제로 저런 자기 합리화를 통해서 거짓말 탐지기를 피해 가는 이들도 있다고는 하더라.

이윽고 조태훈이 질문을 수정했다.

"1억을 벌 수 있는 팬들의 사랑보다 내 주머니에 꽂히는 100억이 더 중요하다."

1억이 정산된다면 앨범 몇 장이 팔린 걸까?

난 100억을 버는 것보다 100장의 앨범이 팔리는 게 더 좋다.

비교가 안 된다.

"팬들의 사랑이 훨씬 좋습니다."

이번에도 진실이 나오자 조태훈이 기가 차다는 표정을 짓는다.

"와, 1라운드에서부터 빡센데?"

"자신 있게 나온 이유가 있었네."

엠씨들은 그 뒤로도 아이돌이란 직업과 관련된 질문을 계속해서 던졌다.

가벼운 질문들이었다.

설령 잘못된 대답을 한다고 해도 좀 민망해지고 말 정도의 질문들.

원래 1라운드에는 곤란한 정도의 질문만 하니까.

진짜 민감한 질문은 3라운드에서 쏟아진다.

난 아직 1라운드인 셈이다.

다만, 1라운드에서 모든 질문을 피해 간 게스트는 내가 처음일 거다.

"와, 진짜 하나도 안 걸리네?"

"신 형사님, 이거 고장 난 거 아니에요?"

MC들이 호들갑을 떨지만 적당히 편집될 것 같다.

썩 재미있는 것 같지 않거든.

게다가 MC들이 나중에는 오기가 붙어서 진짜 쓸데없는 것들을 물어봤다.

그사이 신 형사가 나한테 몇 가지 거짓말을 요구했다.

"정상인데요?"

"가볍게 몇 개 건지려고 했는데……."
"포기. 2라운드로 넘어갑시다."

MC들이 대본을 뒤적거리기 시작하자, 드디어 나도 긴장이 됐다.

내가 모니터링한 결과, 1라운드는 윤리적인 질문을 던진다.

지키지 않는다고 해서 지탄받을 건 없지만, 대중들이 지키길 원하는 지점들에 대해서 물어본다.

아이돌의 연애, 스포츠 선수의 프로 의식 같은 것들.

하지만 2라운드는 좀 다르다.

2라운드는 인간관계에 대한 가십거리를 많이 묻는다.

특히 타 연예인과 트러블이 있었던 이들이 나오면 가차 없다.

아니나 다를까, 조태훈의 입이 열리고 나온 첫 질문도 인간관계였다.

"커밍업 넥스트 출연진들 중, 비호감이었던 사람이 있다."

음, 있지만 여기선 없다고 해야 재밌겠지?

"없습니다."

오늘 처음으로 거짓이 나왔다.

"와, 나 이 프로 하면서 거짓말이 이렇게 반가운 거 처음이야."

"당연히 있지. 없을 수가 없지!"
"다시 한번, 커밍업 넥스트 출연진들 중 비호감이 있다."
"……사실 있습니다."
MC들이 건수를 잡았다는 듯 달려든다.
"세달백일이다!"
"아닙니다."
"테이크씬이다!"
"아닙니다."
"……?"
"최대호 대표다."
"…….."
"…….."
촬영장 분위기가 싸해졌다.
뭐, 당신들이 물어봤잖아.
"……이건 못 쓰니까 넘어가죠."

* * *

한시온이 〈나락 탐지기〉의 MC들을 당황하게 만드는 시각.
남은 세달백일 멤버들은 공연장에 있었다.
그들의 얼굴에는 긴장감이 가득했다.

오늘은 한시온 없이 5개의 공연을 소화해야 하니까, 평소보다 더 잘해야 한다.

'내가 맏형이니까.'

'내가 눈치가 빠르니까.'

'다들 어려움 없이 자랐으니까.'

'내가 제일 프로페셔널하니까.'

다들 각자의 역할에 심취해 있을 때쯤, 공연이 시작되었다.

세달백일은 늘 그렇듯이 출연을 특정하지 않은 스페셜 게스트였다.

구태환은 바로 어제, 세달백일의 행동이 화제로 번지지 않았다는 말을 했었다.

실제로도 이 말은 사실이었다.

그들의 행동이 기사화가 되거나, 불특정 다수의 대중들에게 퍼져 나가서 재생산되지 않았으니까.

하지만 정확히는 대중적인 화제로 번지지 않은 거다.

좁디좁은 인디 씬에서는 충분한 화제가 되었고, 입에서 입으로 전해지고 있었다.

만약 세달백일이 본인들의 이름을 포스터에 박아 넣었다면, 인디 팬들은 꽤 싫어했을 거다.

세달백일 팬덤이 몰려와서 공연의 분위기를 흐릴 가능성이 높고, 공연의 주인공이 바뀌어 버릴 수가 있으니까.

그러나 세달백일은 철저히 자신들의 출연을 숨겼다.

심지어 함께 무대에 출연하는 가수들조차 스페셜 게스트가 세달백일인지 모르는 경우도 많을 정도로.

상황이 이렇다보니 인디 팬들에게 세달백일은 '나도 만날 수 있다면 좋겠는 행운'이었다.

응원하는 가수의 콘서트를 보러 갔는데 갑자기 세달백일이 튀어나온다?

TV에서 보던 무대를 한다?

소리를 질러 줄 의향이 있었다.

밴드 〈얼죽아〉처럼 아이돌과 얽힌 기분 나쁜 백스토리만 없다면 말이었다.

물론 아이돌을 싫어하는 인디 팬들도 있긴 했지만, 공연을 보고는 호불호가 바뀌어 버리는 경우도 있었다.

세달백일은 잘하는 팀이니까.

덕분에 세달백일을 향한 인디 씬의 전체적인 분위기는 호의적이었다.

하지만…….

'아니, 왜! 대체 왜 어떤 공연인지 안 알려 주는데!'

세달백일 팬덤의 분위기는 좀 달랐다.

그들도 세달백일의 공연을 보고 싶다.

어디서 하는지만 알려 준다면 냅다 달려갈 자신이 있었다.

하지만 그 어디에도 정보를 얻을 곳이 없다.

세달백일의 팬들 중 몇몇은 커밍업 넥스트에 이 같은 문의를 보내기도 했다.

그러나 그 어떤 답장도 없었다.

처음엔 프로그램에서 진행하는 미션의 일부라서 비밀을 유지한다고 생각했었다.

하지만 시기가 좀 이상하다.

분명 마지막 방송의 방청 후기가 게시판에 올라왔고, 커밍업 넥스트의 촬영이 완전히 끝났다는 건 정설이었다.

더군다나 테이크씬이 화보 촬영을 하는 게 목격되면서, 테이크씬이 최종 우승을 한 게 아니냐는 스포도 퍼졌고.

게다가 인디 씬에서 나온 세달백일의 목격담을 보면 방송용 카메라 같은 건 없다고 했다.

갑자기 튀어나와서 노래를 부르고는 갑자기 사라졌다.

그렇다는 건, 이게 커밍업 넥스트와 상관없는 활동이라는 소리였다.

이쯤해서 돌판의 고인물들은 뭔가 이상함을 눈치 채기도 했다.

-혹시 테이크씬이 우승해서 세달백일이 탈주한 거 아니냐?

-탈주라고 할 건 아니지 않음? 애초에 커밍업 넥스트

인원 모집 때 탈락자들 거취는 자유랬는데.

ㅡ에이, 그래도 라이언이 세달백일 전부 데려가려고 하는 건 뻔하지.

ㅡㅇㅇ근데 테이크씬이 우승해서 열받아서 라이언 깐 거 같음.

ㅡ힙시온 반골 기질 생각해 보면 가능성 있는 거 같기도 하고?

ㅡ세달백일 정도면 다른 회사에서 업어 가지ㅋㅋ

ㅡ그럼 다른 회사랑 계약하기 전에 자기들끼리 추억 쌓는 중인가?

ㅡ그런 거면 찐우정인데. 프로그램 끝났어도 다 같이 공연하러 다니고.

ㅡㅅㅂㅅㅂㅅㅂ 근데 왜 어디로 가는지 안 알려 주냐고!

ㅡ이런 프로그램은 보통 방송 끝날 때까지 SNS 활동 못한다는 조항이 들어가 있음.

ㅡ아니 근데 세달백일이 라이언 말고 다른 데 가는 게 말이 되나? 라이언이 개지랄할 거 같은데.

ㅡㅇㅇ 말만 자유 거취지 프로그램 촬영 들어갈 때 계약서 썼을 수도 있음.

ㅡ좀 이상한데……?

중립 게시판에서는 이런 말들이 오갔지만, 세달백일 게시판에서는 아니었다.
　물론 그들도 세달백일의 향후 거취에 대해 궁금하다.
　하지만 그보다 당장의 거취가 더 궁금하다.
　그러니 세달백일 갤러리에 이런 글들이 공유되기 시작한 것이었다.

－

　[2017년 6월 16일, 스페셜 게스트가 포함된 인디 공연 일정.]

　-16 : 00 합정 브라운 베이직
　-16 : 00 홍대 마그넷
　-17 : 00 상수 Yo (칵테일 DJ 파티라서 가능성이 좀 낮음)
　-17 : 00 홍대…….

현장 예매 가능한 것만 골라서 가 볼 생각.
운에 맡긴다!

－

　－스페셜 게스트라서 공연 끝까지 봐야 하지 않나?

─ㅇㅇ 스페셜 게스트는 엔딩 직전에 나오는 경우가 많음.

─꼭 그런 건 아닌 것 같던데? 오프닝에 나온 적도 있다고 했음.

─오랜 만에 인디 공연 본다고 생각하고 나도 한번 가 봐야겠다. 안 나오면 어쩔 수 없지.

─ㅇㅇㅇㅇ 맞음. 우리 애들 안 나와도 인디 공연 즐길 수 있는 사람만 가야함. 괜히 가서 팬덤 이미지 망치지 말고.

─테이크씬 우승하니까 인디 씬 기웃거리는 거 봐라. 불러 주는 데 없는 듯ㅋㅋㅋㅋ

─병먹금.

─난 그보다 제발 사생 짓 하는 애들 없으면 좋겠다.

덕분에.

"아니, 오늘 현장 예매가 왜 이렇게 많아?"

"몰라? 무슨 날인가?"

꽤 많은 인디 공연이 가뭄의 단비와도 같은 관심을 맛볼 수 있었고.

"이 밴드 괜찮다."

"그치. 이브닝 프로미스? 팔로우 해야지."

실력 있는 이들은 소중한 기회를 얻을 수도 있었다.

마지막으로······.
"최재성! 최재성이잖아!"
"미친!"
운이 좋은 이들은 직접 세달백일을 볼 수도 있었다.
홍대의 한 공연장에서.

* * *

멤버들 앞에서는 한 번도 티를 낸 적 없지만, 최재성은 라이언이 아니라 세달백일을 선택한 걸 후회하곤 했다.
특히 지난주에 그랬다.
수많은 인디 공연을 돌고 왔는데 단 하나의 기사도 나오지 않았을 때.
세상 사람들이 '커밍업 넥스트의 세달백일'이 아니라 '그냥 세달백일'을 봐주지 않는 것 같았을 때.
후회의 감정이 짙어졌다.
최재성은 유명해지고 싶었다.
인기를 얻고 싶었고, 그들에게 보여 주고 싶었다.
당신들에게 무시받던 내가 대중들에게는 사랑을 받고 있다고.
나도 충분히 사랑을 받을 수 있었던 사람이라고.
그래서 라이언 엔터의 압력을 실감하는 순간 두려워졌다.

끝까지 유명해지지 못하는 게 아닐까.

차라리 라이언 엔터에 남았다면 1~2년 쯤 뒤에는 데뷔할 수 있지 않았을까.

세달백일을 선택한 내 결정이 잘못된 게 아닐까.

하지만 다시 며칠이 지났을 때.

한시온이 아르바이트생을 고용해서 찍은 공연 영상을 쭉 돌려보면서 최재성은 본인의 진심을 깨달을 수 있었다.

자신은 세달백일을 선택한 걸 후회하는 게 아니었다.

겁에 질려서 도망치고 싶었던 것이었다.

뭐가 그렇게 무서웠냐면……

뒤처질까 봐.

세달백일에서 필요 없는 사람이 될까봐 두려웠다.

쓸모없는 사람이 되고 싶지 않아서 도망쳐 도착한 세달백일에서, 또다시 쓸모없는 사람이 될까봐.

최재성은 자신의 두려움이 근거 없는 것은 아니라고 생각했다.

당장 공연 영상만 봐도 알 수 있지 않은가.

한시온, 구태환, 이이온, 온새미로, 모두 눈에 띈다.

하지만 자신은 아니다.

그게 최재성을 두렵게 만들었다.

한시온은 말할 필요도 없이 천재다.

자신이 태어나서 본 모든 음악가 중에서 가장 뛰어나다.

아이돌이 아니라, 음악가다.

최재성은 집안 환경 덕분에 수많은 음악가들을 만나 봤으며, 수시로 그들의 재능을 목격해 왔다.

하지만 단언컨대, 한시온보다 뛰어난 사람은 없었다.

이렇게 말하면 아이돌을 폄하하는 이들이 코웃음을 칠 수도 있었다.

말도 안 되는 소리라고.

한시온이 클래식 연주자, 국악인, 순수 음악 작곡가, 오케스트라 지휘자들보다 뛰어난 역량이 있을 리가 없다고.

하지만 최재성이 보기엔 그러했다.

음악적 지식의 깊이까지는 잘 모르겠다.

한시온은 본인의 지식을 자랑하는 타입은 아니니까.

하지만 결국 음악이란 음을 조합해서 소리를 만드는 행위이다.

그 소리가 완벽해지길 바라면 순수 음악이고, 아름다워지길 바라면 클래식이고, 사람들이 좋아하길 바라면 대중음악이다.

한시온은 모든 걸 할 수 있었다.

때론 대중적인 방향을 추구하고, 때론 아름다워지는 방법을 선택한다.

완벽함을 추구하는 걸 본 적은 없지만, 이이온을 프로듀싱할 때 비슷한 걸 하는 걸 본 적은 있다.

그러니 최재성에게 한시온은 비교의 대상이 아니었다.

선망의 대상이었지.

문제는 나머지 멤버들이었다.

구태환, 온새미로, 이이온.

프로그램이 시작할 때만해도 장단점이 명확히 갈리던 이들이었다.

구태환은 도입부는 강렬하지만 곡 전체를 제대로 이끌어가지 못했고, 온새미로는 멘탈에 문제가 있었다.

이이온은 외모를 제외하면 딱히 이거다 싶은 강점이 없었고.

그러니 그때만 하더라도 최재성은 멤버들의 상대 우위에 있었다.

약점이 없었으니까.

뚜렷한 장점이 있는 건 아니지만, 단점이 뚜렷한 멤버들과 비교하면 안정적이었으니까.

하지만 시간이 지나며 상황이 달라졌다.

멤버들이 단점은 없애고, 강점을 극대화하기 시작한 것이었다.

구태환은 곡 전체에 리듬감을 발휘할 수 있도록 노력했고, 온새미로는 멘탈을 붙잡았다.

특히 이이온의 변신이 눈부셨다.

악기처럼 소리를 내는 법을 연구하기 시작하면서 완전히 다른 사람이 되었다.

물론 한시온의 말에 따르면 이이온의 음색적인 약점은 여전하다고 했다.

그건 교정할 수 있는 게 아니라고.

하지만 언제든 완벽한 음을 찍어 낼 수만 있다면, 음색은 그리 중요하지 않다고도 했다.

음색도 결국 타고난 음계와 음간과 음압에 의해서 결정되는 것인데, 그걸 컨트롤하는 셈이니까.

즉, 멤버들은 모두 나아가고 있었다.

느릴지언정, 정확한 방향으로.

최재성만 빼고.

물론 한시온은 이런 자신이 필요하다고 말해 줬다.

"솔로 가수라면 약점이겠지만, 그룹 활동에서는 균형을 잡아 주는 사람이 필요해. 우리 팀에서는 그게 너고."

음악에 있어서 빈말을 하는 법이 없는 사람이니, 진실일 것이었다.

하지만 최재성은 안도할 수 없었다.

모든 순간에 주인공일 필요는 없지만, 단 한순간이라도

주인공일 수 있어야 하는 게 아닌가?

그게 아니라면, 내가 이 팀에 필요한 게 맞나?

'균형을 잡아 주는 사람'이 꼭 최재성일 필요는 없으니까.

겁이 났다.

최재성은 자신이 쓸모없다는 걸 견디지 못하는 사람이었다.

그러니 확인을 해야 했다.

자신도 주인공이 될 수 있다는 걸.

이 팀에 남아 있어도 괜찮다는 걸.

그렇게, 최재성이 무대에 올랐다.

* * *

오늘 세달백일이 스페셜 게스트를 서는 무대는 인디 밴드 '백만원'의 단독 콘서트였다.

그동안 세달백일이 참여한 인디 공연들은 관객 수가 적은 소규모 공연이었다.

아무리 많아도 300명 아래였고, 스무 명도 되지 않는 경우도 있었으니까.

하지만 오늘은 아니다.

밴드 백만원은 현 시점에 인디 씬에서 가장 핫한 밴드

였다.

그렇기에 오늘 공연에는 1,000명 가까이의 관객들이 들어찼다.

세달백일이 오프닝을 서는 이유도 이 때문이었다.

시청률 10%를 돌파한 예능 프로그램의 스타가 출연한다고 해도, 오늘 공연의 주인공은 자신들이라는 〈백만원〉의 자신감 때문에.

이런 상황 속에서 가장 먼저 무대에 오른 것은, 조명 아래 홀로 서 있는 최재성이었다.

"최재성! 최재성이잖아!"

"미친!"

운 좋게 공연장을 찾은 세달백일의 팬들은 단번에 최재성을 알아봤다.

하지만 밴드 백만원의 팬들은 아니었다.

"누구야?"

"몰라?"

최재성을 알아보지 못한 이들이라고 세달백일까지 모르는 것은 아니다.

하지만 세달백일의 인지도와 최재성의 인지도가 같을 수는 없다.

세달백일이란 그룹을 떠올릴 때 가장 먼저 생각나는 건 한시온, 그 다음이 이이온이었으니까.

어쩌면 최재성은 다섯 번째일 수도 있었다.

그렇게 약간의 관심, 대다수의 무관심 속에서 음악이 흘러나오기 시작했다.

♪♪♪♪♪♪

자기소개도 없었고, 오프닝 멘트도 없었다.

그저 느릿한 미디움 템포의 R&B 비트가 무대 위를 채울 뿐이었다.

그 속에서 보일 듯 말 듯 고개를 까딱거리던 최재성이 마이크를 잡았다.

네가 떠난 날-
적당한 날씨
시원한 바람

"어?"

최재성의 노래가 시작되자, 밴드 '백만원'의 팬들이 눈을 치켜떴다.

익숙한 가사와 익숙한 멜로디.

백만원을 인디 씬의 최강자로 만들어준 히트곡 '좋은 하루'.

〈좋은 하루〉는 헤어지고 집으로 돌아가는 길을 역설적으로 아름답게 표현해 많은 사랑을 받았던 곡이었다.

최재성은 이 곡을 미디움 템포의 R&B로 편곡했다.

이건 최재성이 의견을 내서 작업한 곡이었다.

작업 자체는 한시온이 했지만, 곡의 방향성은 최재성이 만들어 냈다.

그래서 편곡 버전도 원곡과 큰 차이는 없었다.

멜로디도 그대로고, 후렴도 그대로다.

단지 더 느리고 끈적한 비트 위에 부를 뿐이다.

어떻게 보면 전형적인 편곡이었다.

하지만 최재성은 이런 게 좋았다.

한시온처럼 모든 걸 바꾸고 재조합해서 더 뛰어난 사운드로 만드는 것도 멋지지만, 익숙한 것을 아주 조금만 낯설게 만드는 것도 즐겁지 않은가.

관객들의 반응도 나쁘지 않았다.

"좋은데?"

다짜고짜 시작한 오프닝 무대에 집중해 줄 정도로.

그렇게 본격적인 노래가 시작되었다.

길 끝에 핀
이름 모를 꽃과

목소리가 부드럽게 나아간다.

아이돌보다 노래를 잘하는 솔로 가수는 많고, 랩을 잘하는 래퍼도 많다.

춤을 더 잘 추거나, 외모적으로 뛰어난 이들도 많다.

그래서 아이돌들은 쉽게 폄하를 당하곤 했다.

너희들보다 잘하는 사람들이 많은데, 왜 더 큰 인기를 누리고 있냐고.

하지만 그렇기 때문에 아이돌이란 직업은 잔인하다.

노래를 잘하고, 랩을 잘하는 것만으로 성공할 수 있다면 모두가 그런 이들을 무대에 세웠을 것이다.

외모만으로 성공할 수 있다면, 그런 이들만 데뷔를 했을 것이다.

그러니 그렇지 않다는 걸 모두가 알고 있었다.

그 이상이 필요하다.

최재성은 그걸 사람들을 만족시킬 수 있는 '무대'라고 생각했다.

그 위에 걸린
따스한 햇볕

그 순간, 최재성이 마이크를 잡지 않은 팔을 쭉 뻗었다.

그리곤 미디움 템포의 R&B에 어울리는 동작을 가져갔다.

춤의 종류는 많지만 결국 중요한 건 선이다.

직선으로 나아가는지, 곡선으로 휘어지는지.

단번에 뻗어지는지, 천천히 멀어지는지.

그런 것들을 컨트롤할 수 있어야지만 멜로디와 어울리는 안무를 만들어 낼 수 있다.

그런 의미에서 최재성의 춤은 노래와 어울렸다.

〈좋은 하루〉는 본래 시원한 기타 리프에 어울리는 노래였다.

하지만 최재성은 그걸 끈적한 비트 위에 올렸고, 린 백(Lean Back)을 베이직으로 삼고 곡선을 만들었다.

노래만 들었을 때는 그저 장르를 바꾼 가벼운 편곡처럼 들렸다.

하지만 춤이 더해지니 느낌이 다르다.

너와 함께 거닐던
온도와 습도
그게 느껴지는
딱 적당한

이 좋은 하루를 너와 함께 보내고 싶다는 갈망이 느껴

진다.

 아직 널 포기하지 않았다는 갈증이 느껴진다.

 원곡이 체념의 감정을 담고 있었음에도 그러했다.

 이게 밴드 백만원의 팬들에게는 신기하게 다가왔다.

 똑같은 가사와 똑같은 멜로디지만, 완전히 다른 감정을 보여 줄 수 있다는 게.

 그리고 그게 촌스럽거나 인위적이지 않다는 게.

 그사이, 노래는 후렴에 닿았다.

좋은 하루-
좋은 하루-
너와 이별했다는
딱 하나만 빼면

 고음역대의 후렴이 터졌음에도, 최재성의 춤은 희미해지지 않았다.

 오히려 더욱 강렬해졌다.

 웨이브의 시작과 끝에 확실한 강세를 주고, 곡선을 더 길게 밀어낸다.

 오프닝 무대에 자신들의 곡이 나오자 구경을 하던 밴드 백만원의 멤버들이 놀랄 정도였다.

 언젠간 한시온은 최재성의 호흡이 엄청나게 긴 것에 놀

란 적이 있었다.

 반쯤 농담이었지만, 수영 선수를 해야 될 사람이라고 말하기도 했었고.

 그게 여기서 발휘되고 있었다.

 춤을 추며 노래하는 건 어려운 일이지만, 최재성에게는 어렵지 않다.

 그는 온새미로보다 노래를 잘 부르지 않았다.

 구태환보다 리듬감이 좋지도 않고, 이이온보다 잘생기지도 않았다.

 하지만 그것만이 사람들을 만족시키는 유일한 방법이라고 생각하진 않았다.

 아이돌이니까.

-와아아아아!
-우와아아아!

 처음으로 환호성이 터져 나왔다.

 최재성의 무대는 환호를 받을 자격이 있었으니까.

 그렇게 후렴이 끝나고, 벌스 2가 시작되는 순간.

 세 명의 남자들이 등장하며 최재성의 뒤에서 안무를 받쳐 주기 시작했다.

 온새미로, 구태환, 이이온.

한시온의 모습은 보이지 않았지만, 세달백일이라는 건 알아보는 건 어렵지 않았다.

그제야 백만원의 팬들은 오프닝 솔로 무대를 꾸민 사람이 최재성이라는 걸 깨달았다.

다시 한번 환호성이 터졌다.

이번에는 최재성만을 향한 환호는 아니었지만, 사람들은 알고 있었다.

이 무대에서만큼은 세달백일의 최재성이 아니라, 최재성의 세달백일이라는 걸.

* * *

최재성의 무대 뒤로 세달백일의 오프닝이 이어졌다.

지금까지 세달백일이 스페셜 게스트를 선 무대들은 대부분은 즉흥적으로 섭외된 것들이었다.

이현석 대표가 인디 씬의 인맥을 발휘해서 공연을 찾아 주면, 연락을 해서 게스트가 되는 식으로.

하지만 백만원의 단독 콘서트는 좀 달랐다.

이 무대는 한시온이 인디 씬 나들이를 계획했을 때부터 섭외가 진행된 것이다.

그러니 무대를 준비할 시간이 있었고, 공연의 퀄리티를 높일 수 있었다.

게다가 좁은 공연장이 아니라서, 마음껏 춤도 출 수 있었고.

소규모 공연장에서는 보여 줄 수 없었던 커밍업 넥스트의 군무를 그대로 재현할 수 있다는 것이었다.

"야, 쩔어!"

"왜 이렇게 잘해?"

사실 대중들 중에는 아이돌에 대한 막연한 거부감을 가진 이들이 존재했다.

그리고 이러한 거부감이 아무 근거도 없는 건 아니었다.

초창기 세대의 아이돌들은 음악적 성취가 그리 뛰어나지 못했다.

음악보다는 외모나 끼가 훨씬 중요했고, 노래를 잘하는 멤버는 한두 명이면 족했다.

하지만 상황은 점점 바뀌었다.

아이돌 산업의 경쟁이 치열해지면서 아이돌도 가수 본연의 능력이 중요해졌다.

엔터테인먼트들의 트레이닝 방향성이 바뀌었고, 아이돌들의 실력도 날이 갈수록 향상되었다는 뜻이었다.

하지만 문제는 이미 선입견을 가진 대중들에게 이러한 변화가 와닿지 않는다는 것이었다.

문화 자체를 거부해 버렸는데, 변화했다는 걸 어떻게

알겠는가.

하지만 지금, 사람들은 선입견을 벗어던질 수밖에 없었다.

세달백일의 무대를 통해서.

"와, 요즘 애들 잘한다."

"그니까."

심지어 밴드 백만원의 멤버들조차 마찬가지였고.

이러한 인식의 변화는 이번 공연에서만 있었던 일도 아니었다.

세달백일이 느끼지 못했을 뿐, 그들이 무대에 올랐을 때 뾰족한 시선을 보내는 이들은 분명 존재했다.

하지만 그런 이들조차도 공연이 끝나면 세달백일을 인정할 수밖에 없었다.

굳이 한시온 때문만이 아니었다.

각자의 사건을 겪은 세달백일 모두가 그러했다.

오늘은 최재성이 자신의 한계를 벗어던지는 날이었고.

"감사합니다!"

"세달백일이었습니다!"

"오늘 공연 즐겁게 즐기셨으면 좋겠습니다!"

그렇게 공연을 끝낸 세달백일 크루가 무대 아래로 내려가려는 순간.

밴드 백만원의 멤버들이 예정보다 빠르게 무대 위로 올

라왔다.

그리고는 세달백일 멤버들과 하나씩 하이파이브를 했다.

멋진 오프닝 공연을 보여 준 공연진에 대한 존중이었다.

"혹시 우리 노래 중에 좋아하는 거 있어요? 아까 그거 말고?"

"어, 포춘 쿠키! 포춘 쿠키 좋아합니다."

"오케이!"

백만원이 다짜고짜 〈포춘 쿠키〉를 연주하기 시작하자, 눈치 빠른 구태환이 노래를 시작했다.

그리곤 최재성에게 마이크를 넘겼다.

그렇게 공연장이 떼창으로 가득 차기 시작했다.

오프닝 쇼는 공연장의 낯선 분위기를 달구고, 오늘 공연의 주인공을 소개하는 자리였다.

그런 의미에서 세달백일 크루의 오프닝은 완벽했다.

공연장을 가득 채운 음악 속에서 세달백일의 팬덤은 큰 감동을 느끼고 있었다.

그들이 감동한 이유는 세달백일이 백만원의 인정을 받아서나, 세달백일의 실물을 영접해서가 아니었다.

그런 이유도 있긴 하지만, 그보다 더 중요한 부분이 있다.

바로, 세달백일이 정말로 한 팀 같다는 것.

팬들도 느낄 수 있었다.

그동안 백업 롤을 맡았던 최재성이 오늘은 주인공이 되려고 했다는 걸.

사실 그럴 법도 했다.

세달백일 안에서 최재성은 눈에 띄는 멤버가 아니지만, 개인 스탯만 보면 다른 그룹에서는 에이스가 됐을 멤버였다.

노래, 춤, 외모, 끼.

어느 하나 빠지는 게 없다.

고작 18살일 뿐인데.

세달백일은 타 그룹과의 경쟁이 콘텐츠인 커밍업 넥스트에서 데뷔했기에 그룹 팬이 대세로 자리 잡은 상태였다.

외부의 적이 있으면 내부는 결속되기 마련이니까.

하지만 그렇다고 개인 팬이 없는 건 아니었다.

최재성의 개인 팬들 중에는 다른 멤버들을 싫어하는 이들도 많았다.

하이라이트 파트를 준 적이 없고, 팀 밸런스란 명목 하에 희생만 강요한다고.

이런 최재성이 주인공이 되려고 할 때, 다른 멤버들은 어떤 반응을 보일까?

여러 가지 가능성이 있겠지만, 탐탁치 않아 할 가능성도 있었다.

하지만 전혀 아니었다.

무대가 끝나고…….

아니 무대가 끝나기 전부터 느껴졌다.

세달백일 멤버들이 최재성의 활약을 진심으로 기뻐하고 있다는 걸.

-ㅠㅠㅠㅠㅠ여기 미쳤어. 재성이 진짜 개잘했어 ㅠㅠㅠㅠ

-(사진) 이거 보여? 무대 끝나자마자 형들이 몰려와서 우쭈쭈 해 주는 거 봐.

-백만원도 우리 애들이 마음에 들었나 봄ㅠㅠ

그러니 운 좋게 현장을 찾은 팬들은 감동의 게시글을 SNS에 공유할 수밖에 없었다.

-아, 나 백만원 공연 가려다가 말았는데!!!!

-공연 끝나면 한시온이 운전하는 벤 타고 이동한다던데. 택시 타고 미행하면 되지 않나? 어디로 가는지 좀 올려 주세요!

-그게 사생짓인데.

-엥? 어차피 다음 공연 가는 거 따라가는 건데 왜?

-다음 공연을 가는지 사적인 일정을 가는지 님이 어케 알아요?

-착한 척 애지네;;

-근데 왜 사진에 한시온은 없음?

-한시온은 맨날 솔로하고 싶은 티 냈잖아. 한시온 빼고 활동하는 듯ㅎㅎ

-이러라고 올린 글이 아닌 거 같은데.

물론 SNS에 달린 댓글은 언제나처럼 어지러웠지만.

* * *

장장 3시간이 걸린 촬영 끝에 〈나락 탐지기〉의 녹화가 끝이 났다.

물론 3시간이면 예능 프로그램 한편의 녹화 치고는 굉장히 짧은 편이었다.

하지만 그 모든 시간 동안 질문만 받고 있었더니, 정신적으로 피곤하다.

편하게 답변할 수 있는 성질의 질문도 아니었고.

그래도 신인 아이돌이 여기서 피곤하다고 늘어져 있으면 안되겠지.

"고생하셨습니다!"

촬영장을 돌아다니며 함께 촬영했던 MC, 제작진들에게 인사를 돌렸다.

"아, 시온 씨. 혹시 오프닝에 넣고 싶은 신곡 있으면 한 번 보내 봐요."

"정말요? 그래도 되나요?"

"무조건 넣어 준다는 말은 못 하겠는데, 검토해 볼게요."

"감사합니다. 몇 곡 취합해서 보내 드리겠습니다."

그렇게 눈에 보이는 모든 사람들에게 인사를 했을 때쯤, MC였던 조태훈이 날 촬영장 밖으로 데려갔다.

"담배?"

"비흡연자입니다."

담배를 꺼내 든 조태훈이 내 등을 툭툭 토닥였다.

"고생했어. 아, 말 편하게 해도 되지?"

"물론입니다. 선배님."

"네 덕분에 오늘 촬영은 좀 빨리 끝났네."

이게 빨리 끝난 거라고?

질문을 50개는 받은 것 같은데.

"다른 분들은 질문을 더 많이 하나요?"

"그건 아닌데, 보통은 너처럼 빠르게 답변을 안 하니까. 질문 자체는 오늘이 제일 많았던 것 같은데."

칼답을 안 했으면 정신적으로 덜 피로했을 수도 있다는 거네.

약간의 억울함을 느끼고 있을 때쯤, 연기를 내뿜은 조태훈이 입을 열었다.

"근데 너 아까 했던 대답, 방송 나가도 괜찮아?"

"애초에 그런 프로그램이지 않습니까?"

"그렇긴 한데……. 넌 좀 케이스가 다르긴 하지. 죄 짓고 출연한 것도 아니고."

대답할 만한 성질의 말이 아니라 가만히 서 있자, 조태훈이 말을 이었다.

"사실 우리 프로그램이 섭외가 너무 어려워서 고민 중에 있었거든. 프로그램의 성격을 좀 바꿔야 하나."

"소프트한 느낌으로 말씀이죠?"

"그치. 질문의 수위를 짓궂은 정도로 낮추고, 적당한 게스트들을 섭외하는 쪽으로."

"잘은 모르겠지만, 그렇게 되면 지금처럼 프로그램 화제성이 높을 것 같진 않습니다."

"뭐야, 애청자로서의 조언이야?"

웃고만 있으니 조태훈도 고개를 끄덕였다.

"아무튼 그런 고민을 했다는 거야. 그러니까 네가 원하면 아까 그 대답 정도는 편집할 수도 있지."

"아닙니다. 제가 한 답변인 걸요. 감당해 보겠습니다."

"그래? 파급력이 만만치 않을 텐데⋯⋯."

조태훈이 주변을 슥 돌아보더니 목소리를 낮췄다.

"너, 이거 라이언 엔터 압력 때문에 출연한 거지? 화제성을 만들려고?"

"맞습니다."

"흠. 우리야 섭외가 막막했으니까 대호 형 말을 쌩 깐 건데⋯⋯. 다른 프로그램은 쉽지 않을걸."

"나락 탐지기가 히트를 치면 기회가 생기지 않을까요?"

"불가능한 건 아니지만, 한두 방으로는 안 될 거야. 몇 개가 연달아 터지는 게 아니면."

"쉽지 않네요."

"굽히고 들어갈 생각은 없구나?"

흠⋯⋯.

조태훈이 사용하는 단어나 말투가 좀 애매하다.

한번 떠볼까?

"잘 모르겠습니다. 사실 상황이 너무 갑작스럽게 벌어져서 충동적으로 선택한 부분도 있긴 합니다."

"대호 형이 나쁜 형은 아니야. 좀 꼰대긴 하지만 먼저 굽히고 들어가면 말이 통할걸?"

"⋯⋯정말 그럴까요?"

"그래. 혹시 다리 필요하면 말해. 그 정도는 도와줄 수 있으니까."

"감사합니다. 한번 고민해 보겠습니다."

조태훈은 그 뒤로도 이런저런 덕담을 꺼냈고, 난 묵묵히 고개를 끄덕였다.

하지만 난 이미 조태훈의 의중을 파악했다.

그는 최대호의 편이다.

아마 최대호에게 날 한번 떠보라는 부탁을 받은 것 같다.

그래서 난 일부러 애매한 답변들을 던졌다.

고민해 볼 수 있다.

생각해 볼 여지가 있다.

약간 후회되긴 한다.

조태훈이 이런 답변들을 최대호에게 전달해 준다면, 시간을 벌 수도 있을 거다.

어떤 식의 전쟁이든 상대가 방심해 주는 건 늘 좋은 일이다.

"그래. 다음에 와인 한잔하자."

조태훈과 전화번호를 교환하고는 촬영장을 벗어났다.

택시에 올라타 핸드폰을 꺼내니, 나 없이도 세달백일이 꽤 잘한 듯하다.

SNS에 공연 목격담이 평소보다 배는 올라와 있었으니까.

물론 인기 밴드의 콘서트에 출연했기 때문일 수도 있지만, 그래도 반응이 상당히 좋다.

최재성이 히트를 친 것 같기도 하고.

그렇게 SNS를 훑어보고 있는데 BVB 엔터의 서승현 팀장에게 전화가 걸려온다.

꽤 오랜만인 것 같다.

그동안은 메일로만 곡 판매와 관련된 연락을 받아 왔으니까.

"네, 팀장님."

-시온 씨. 음원 차트 보셨죠?

"봤죠."

바로 어제, 드롭 아웃이 기습적으로 싱글과 뮤직비디오를 공개했다.

그래, 내 곡이다.

〈Selfish〉.

결과적으로 뮤직비디오는 공개 24시간 안에 1,000만 뷰를 기록했고, 단숨에 음원 차트 1위로 뛰어올랐다.

2017년 올해 나온 아이돌 뮤직비디오 중 가장 가파르게 조회 수가 상승한 거라고 하는데…….

흠. 잘 모르겠다.

내가 기억하기로 LMC나 프라임 타임은 24시간 1억을 찍었던 것 같은데.

나는 뭐, 말할 것도 없고.

확실히 이럴 때는 시대적인 차이가 좀 있는 것 같다.

아직은 케이팝의 위상이 톱 콘텐츠로 자리 잡은 때는 아니니까.

"잘돼서 다행입니다."

-잘된 정도가 아니죠. 곡 반응이 미쳤습니다.

당연한 반응이다.

〈Selfish〉는 시대를 타지 않는 곡이고, 어떤 식으로 발매하든 빌보드 Hot 100 1위에 들었던 곡이다.

내가 잘 부른 덕분도 있겠지만, 노래의 힘이 강하다.

드롭 아웃은 그 힘을 잘 살렸고.

-그래서 더블엠 쪽에서 전속 계약이나 10곡 단위 계약을 맺고 싶어 합니다.

"벌써요?"

-벌써는 아니죠. 이미 몇 번 의사를 밝혔었는데, 이제는 몸이 달아오른 거고.

서승현 팀장은 이렇게 말하면서도 내가 당연히 거부할 줄 알았나 보다.

지금까지는 늘 그래 왔으니까.

"홀딩 좀 해 주시죠."

-홀딩이요?

"네, 고민 좀 해 봐야겠습니다."

지금까지 내가 드롭 아웃의 작곡가라는 걸 밝히지 않았던 건, 티피컬한 아이돌 생활을 하기 위해서였다.

하지만 이제 상황이 바뀌었다.

티피컬할 필요가 없어졌고, 세달백일과 닿을 수 있는 곳까지 가 볼 생각이다.

더블엠이든 드롭 아웃이든 필요하다면 써먹어야지.

-어떤 느낌으로 홀딩할까요? 긍정적? 깊은 고민?

"49 대 51 정도로 부정적인 척을 좀 해 주시죠."

-알겠습니다.

서승현 팀장과 전화를 끊고는 다시 음원 사이트를 확인했다.

여전히 최상단에는 드롭 아웃의 〈Selfish〉가 떡하니 박혀 있었다.

머릿속이 조금 맑아지는 기분이다.

그동안 난 2억 장을 팔기 위해 음악 산업계의 무수히 많은 비즈니스 게임을 경험했었다.

그 모든 게임에서 내가 승리했다고 말할 수는 없다.

분명 패배했던 적이 있고, 이기느니만 못한 성공을 거둔 적도 있으니까.

하지만 그런 과정 속에서 깨달은 게 있다면, 그 어떤 게임으로도 음악계의 절대 명제를 바꿀 수는 없다는 것이었다.

좋은 음악에는 큰 힘이 있다는 절대 명제를.

그러니 누가 뭐래도 내가 가진 가장 큰 무기는 음악이었다.

* * *

시간은 차곡차곡 흘렀고, 마침내 커밍업 넥스트 10화가 방송되었다.

세달백일과 라이언 엔터의 비즈니스 게임이 시작되는 순간이었다.

(빌어먹을 아이돌 5권에서 계속)

환상이 숨쉬는 공간 파피루스 blog.naver.com/gnpdl7

『백면야차는 죽어야 한다』

『바바리안』, 『망향무사』 성상현의 자신작!

『회생무사』

마교 부교주, 백면야차(白面夜叉)의 직속 수하이자
무림맹의 간자로서 활동했던 장평

토사구팽의 위기에서
회귀의 실마리를 잡게 되었지만

"모든 비밀은 마교 안에 있다."

다시 찾은 약관의 나이
진정한 의미의 새로운 삶을 찾아가기 위해서는
백면야차의 죽음만이 필요할 뿐이다.

새로운 시대의 영웅이 될 장평
평온한 삶을 추구하는 한 남자의 복수극이 시작된다!

환상이 숨쉬는 공간 파피루스 blog.naver.com/gnpdl7

구사(龜沙) 대체역사 장편소설

서울역 세종대왕

과거와 미래를 오가는 세종대왕의 일대기!

『서울역 세종대왕』

"저승은 분명 아니고…… 혹시 선계?"

열병을 앓고 미래의 조선에 도착한 이도
신문물의 향연에 어리둥절하던 것도 잠시

"허어, 오이도에 왜구가 나타난다고?"

예언서나 다름없는 조선왕조실록
미래의 물건을 가져오는 능력까지

**과거를 뒤바꾸고 강대국의 초석을 쌓아라
전지전능 세종대왕의 위대한 치세가 시작된다!**